आओ सुनो कहानी
(बच्चों की कहानियाँ)

संकलित :
फ़रह अंदलीब

© Taemeer Publications LLC

Aao Suno Kahani (Kids Stories)

By: Farha Andaleeb

Edition: February '2024

Publisher :

Taemeer Publications LLC (Michigan, USA / Hyderabad, India)

ISBN 978-93-5872-890-3

लेखक या प्रकाशक की पूर्व अनुमति के बिना इस पुस्तक के किसी भी भाग का उपयोग वेबसाइट पर अपलोड करने सहित किसी भी रूप में नहीं किया जा सकता है। साथ ही, इस पुस्तक के संबंध में किसी भी प्रकार के विवाद को सुलझाने का अधिकार क्षेत्र हैदराबाद (तेलंगाना) न्यायालय का होगा।

© ता'मीर पब्लिकेशंस

किताब	:	**आओ सुनो कहानी**
संकलित	:	फ़रह अंदलीब
रचना-पद्धति	:	बच्चों की कहानियाँ
प्रकाशन वर्ष	:	2024
पृष्ठ	:	82
कवर डिज़ाइन	:	ता'मीर वेब डिजाइन

विषय-सूची

(1)	सूत का रेशम	इस्मत चुग़ताई	4
(2)	किसी शहर में एक था बादशाह	हफ़ीज़ जालंधरी	9
(3)	दो बाप दो बेटे	बानो सरताज	16
(4)	दो दोस्त दो दुश्मन	जमील जालिबी	21
(5)	सितारा-परी	राजा मेहदी अली ख़ाँ	23
(6)	बोतल के क़ैदी	सिराज अनवर	27
(7)	फूल वाले दादा जी	अफ़सर मेरठी	42
(8)	एक हिमाक़त एक शरारत	वक़ार मोहसिन	45
(9)	मेरे उस्ताद मेरे मोहसिन	रऊफ़ पारेख	54
(10)	बचपन की तस्वीर	इशतियाक़ अहमद	63
(11)	नीला गीदड़	साहिर होशियारपुरी	73
(12)	टुमरक टूँ	अक्षय चंद्र शर्मा	78

(1) सूत का रेशम
इस्मत चुग़ताई

नन्हे भाई हमें कितनी बार ही बेवक़ूफ़ बनाते, मगर हमको आख़िर में कुछ ऐसा क़ाइल कर दिया करते थे कि उन पर से ए'तिबार न उठता। मगर एक वाक़ेए ने तो हमारी बिल्कुल ही कमर तोड़ दी। न जाने क्यों बैठे बिठाए जो आफ़त आई तो पूछ बैठे,

"नन्हे भाई! ये रेशम कैसे बनता है?"

"अरे बुद्धू! ये भी नहीं मालूम, रेशम कैसे बनता है! इसमें मुश्किल ही क्या है? सादा सूती धागा लो। उसे दो पलंगों के पाए पर ऐसा तान दो जैसे पतंग का माँझा तानते हैं बस जनाब-ए-आली! अब एक या दो हस्ब-ए-ज़रूरत अंडे ले लो। उनकी ज़र्दी अलग कर लो, उन्हें ख़ूब काँटे से फेंटो, अच्छा नमक-मिर्च डाल कर, आमलेट बना कर हमें खिलाओ, समझें?"

"हाँ आँ। मगर रेशम?"

"चे। बे वक़ूफ़! अब सुनो तो आगे। बाक़ी बची सफ़ेदी, उसे लेकर इतना फेंटो। इतना फेंटो कि वो

फूल कर कुप्पा हो जाए। बस जनाब अब ये सफ़ेदी बड़ी एहतियात से पलंग के पायों पर तने हुए तागे पर लगा दो। जब सूख जाए, सँभाल के उतार कर उसका गोला बना लो, आप चाहे उसके रेशम से साड़ियाँ बिनो, चाहे क़मीसें बनाओ।"

"अरे बाप रे!" हमने सोचा। रेशम बनाना इतना आसान है और हम अब तक बुद्धू ही थे, जो अम्माँ से रेशमी कपड़ों के लिए फ़रमाइश करते रहे। अरे हम ख़ुद इतना ढ़ेरों रेशम बना सकते हैं तो हमें क्या ग़रज़ पड़ी है, जो किसी की जूतियाँ चाटते फिरें।

बस साहब, उसी वक़्त एक अंडा मुहय्या किया गया। ताज़ा-ताज़ा काली मुर्ग़ी डरबे में दे कर उठी और हमने झपट लिया। फ़ौरन नुस्ख़ा पर 'अमल किया गया, यानी ज़र्दी का आमलेट बना कर ख़ुद खा लिया, क्योंकि नन्हे भाई नहीं थे उस वक़्त। अब सवाल ये पैदा हुआ कि तागा कहाँ से आए? ज़ाहिर है कि तागा सिर्फ़ आपा की सीने-पिरोने वाली संदूक़ची में ही मिल सकता था। सख़्त मरखन्नी थीं आपा। मगर हमने सोचा, नर्म-नर्म रेशम की लच्छियों से वो ज़रूर नर्म हो जाएँगी। क्या है, हम भी आज उन्हें ख़ुश ही क्यों न कर दें। बहुत नालाँ रहती हैं हमसे, बद-क़िस्मती से

वो हमें अपना दुश्मन समझ बैठी हैं। आज हम उन्हें शर्मिंदा करके ही छोड़ेंगे। वो भी क्या याद करेंगी कि किस क़दर फ़स्ट-क्लास बहन अल्लाह पाक ने उन्हें बख़्शी है। जिसने सूत का रेशम बना दिया।

आपा जान सो रही थीं और हम दिल ही दिल में सोच रहे थे कि रेशम की मलाई लच्छियाँ देख कर आपा भी रेशम का लच्छा हो जाएँगी और फिर हमें कितना प्यार करेंगी।

सख़्त चिप-चिपा और बदबूदार था रेशम बनाने का ये मसाला। नातजुर्बा-कारी की वजह से आधा तागा तो उलझ कर बेकार हो गया। मगर हमने भी आज तय कर लिया था कि अपनी क़ाबिलियत का सिक्का जमा कर चैन लेंगे।

लिहाज़ा आपा की संदूक़ची में से हमने सारी की सारी रंग-बिरंगी सूती और रेशमी रीलें लेकर दो पलंगों के दरमियान तान दीं कि रेशम तो और चमकदार हो जाएगा। सूत रेशम हो जाएगा। अब हमने अंडे की फेंटी हुई सफ़ेदी से ताने हुए तागे पर ख़ूब गुस्से देने शुरू किए।

इतने में आपा जान आँखें मलती और जमाइयाँ लेती हुई हमारे सर पर आन धमकीं। थोड़ी देर तो

वो भौंचक्की सी खड़ी ये सारा तमाशा देखती रहीं।

फिर बोलीं, "ये... ये क्या... कर रही है। मर्दी?" उन्होंने ब-वक़्त आवाज़ हलक़ से निकाली।

"रेशम बना रहे हैं!" हमने निहायत ग़ुरूर से कहा और फिर नुस्ख़े की तफ़सील बताई।

और फिर घर में वही क़यामत-ए-सुग़रा आ गई जो उमूमन हमारी छोटी-मोटी हरकतों पर आ जाने की आदी हो चुकी थी। ना-शुक्री आपा ने हमारी सख़्त पिटाई की।

घर में सब ही बुज़ुर्गों ने दस्त-ए-शफ़क़त फेरा, "रेशम बनाने चली थीं!"

"अपने कफ़न के लिए रेशम बना रही थी चुड़ैल।"

लोगों ने ज़िंदगी दूभर कर दी, क्यों कि वाक़ई रेशम बुनने के बजाए तागा, बर्तन माँझने का जूना बन गया।

हमने जब नन्हे भाई से शिकायत की तो बोले, "कुछ कसर रह गई होगी... अंडा बासी होगा।"

"नहीं, ताज़ा था, उसी वक़्त काली मुर्ग़ी दे कर गई थी।"

"काली मुर्ग़ी का अंडा? पगली कहीं की। काली मुर्ग़ी के अंडे से कहीं रेशम बनता है?"

"तो फिर...?" हमने अहमक़ों की तरह पूछा।
"सफ़ेद झक मुर्ग़ी का अंडा होना चाहिए।"
"अच्छा?"
"और क्या और आमलेट तुम ख़ुद निगल गईं। हमें खिलाना चाहिए था।"
"तब रेशम बन जाता?"
"और क्या!" भैया ने कहा और हम सोचने लगे। सफ़ेद मुर्ग़ी कम-बख़्त कुड़ुक है, अंडों पर बैठी है। न जाने कब अंडे देने शुरू करेगी। ख़ैर देखा जाएगा। एक दिन आपा को हमें मारने पर पछताना पड़ेगा। जब हम सारा घर रेशम की नर्म-नर्म लच्छियों से भर देंगे तो शर्म से आपा का सर झुक जाएगा और वो कहेंगी, प्यारी बहन मुझे माफ़ कर दे तू तो सच-मुच हीरा है।

तो बच्चो, अगर तुम भी रेशम बनाना चाहते हो तो नुस्ख़ा याद रखो। अंडा सफ़ेद मुर्ग़ी का हो। अगर फ़िलहाल वो कुड़ुक है तो इंतिज़ार करो और ज़र्दी का आमलेट नन्हे भाई को खिलाना। ख़ुद हरगिज़-हरगिज़ न खाना, वरना मंत्र उल्टा पड़ जाएगा और हालात निहायत भोंडी सूरत अख़्तियार कर लेंगे। फिर हमें दोष न देना।

(2) किसी शहर में एक था बादशाह
हफ़ीज़ जालंधरी

अब्बा जान भी बच्चों की कहानियाँ सुनकर हंस रहे थे और चाहते थे कि किसी तरह हम भी ऐसे ही नन्हे बच्चे बन जाएँ। न रह सके... बोल ही उठे... "भई हमें भी एक कहानी याद है। कहो तो सुना दें।"

"आहा जी आहा! अब्बा जान को भी कहानी याद है। अब्बा जान भी कहानी सुनाएँगे। सुनाइए अब्बा जान... अब्बा जान सुनाइए ना।"

अब्बा जान ने कहानी सुनानी शुरू की...

किसी शह्र में एक था बादशाह।

हमारा तुम्हारा ख़ुदा बादशाह।

मगर बादशाह था बहुत ही ग़रीब।

न आता था कोई भी उसके क़रीब।

बादशाह और ग़रीब। सब बच्चे सोचने लगे कि बादशाह ग़रीब भी हो सकता है या नहीं? शायद होता हो अगले ज़माने में। अब्बा सुना रहे थे...

किए एक दिन जमा उसने फ़क़ीर।

खिलाई उन्हें सोने चाँदी की खीर।

फ़क़ीरों को फिर जेब में रख लिया।
अमीरों वज़ीरों से कहने लगा।
कि आओ चलो आज खेलें शिकार।
क़लम और काग़ज़ की देखें बहार।
मगर है समुंदर का मैदान तंग।
करे किस तरह कोई मच्छर से जंग।
तो चिड़िया ये बोली कि ऐ बादशाह।
करूँगी मैं अपने चिड़े का ब्याह।
मगरमच्छ को घर में बुलाऊँगी मैं।
समुंदर में हरगिज़ न जाऊँगी मैं।

अब्बा जान ने अभी इतनी ही कहानी सुनाई थी कि सब हैरान हो-हो कर एक दूसरे का मुँह तकने लगे। भाई जान से रहा न गया। कहने लगे: "ये तो अजीब बेमानी कहानी है, जिसका सर न पैर।"

अब्बा जान बोले "क्यों भई कौन सी मुश्किल बात है, जो तुम्हारी समझ में नहीं आती?"

मँझले भाई ने कहा "समझ में तो आती है मगर पता नहीं चलता।"

ये सुनकर सब हंस पड़े "ख़ूब भई ख़ूब... समझ में आती है और पता नहीं चलता।"

आपा ने कहा, "अब्बा जान बादशाह ग़रीब था।

तो उसने फ़क़ीरों को बुला कर सोने चाँदी की खीर कैसे खिलाई, और फिर उनको जेब में कैसे रख लिया। मज़ा ये कि बादशाह के पास कोई आता भी नहीं था। ये अमीर वज़ीर कहाँ से आ गए। शिकार में क़लम और कागज़ की बहार का मतलब क्या है और फिर लुत्फ़ ये कि समुंदर का मैदान और ऐसा तंग कि वहाँ मच्छर से जंग नहीं हो सकती। फिर बीच में ये बी चिड़िया कहाँ से कूद पड़ीं जो अपने चिड़े का ब्याह करने वाली हैं। मगरमच्छ को अपने घोंसले में बुलाती हैं और समुंदर में नहीं जाना चाहतीं।"

नन्ही बोली, "तौबा तौबा! आपा जान ने तो बखेड़ा निकाल दिया। ऐसी अच्छी कहानी अब्बा जान कह रहे हैं। मेरी समझ में तो सब कुछ आता है। सुनाइए अब्बा जान फिर क्या हुआ?"

अब्बा जान ने कहा, "बस नन्ही मेरी बातों को समझती है, हुआ ये कि...

सुनी बात चिड़िया की घोड़े ने जब।
वो बोला ये क्या कर रही है ग़ज़ब।
मेरे पास दाल और आटा नहीं।
तुम्हें दाल आटे का घाटा नहीं।

ये सुनते ही कुर्सी से बनिया उठा।
किया वार उठते ही तलवार का।
वहीं एक मक्खी का पर कट गया।
जुलाहे का हाथी परे हट गया।

यहाँ सब बच्चे इतना हँसे कि हंसी बंद होने में न आती थी लेकिन भाई जान ने फिर एतराज़ किया... "ये कहानी तो कुछ ऊल-जलूल सी है।"

मँझले भाई ने कहा, "भई अब तो कुछ मज़ा आने लगा था।"

नन्ही ने कहा, "ख़ाक मज़ा आता है। तुम तो सब कहानी को बीच में काट देते हो। हाँ अब्बा जान जुलाहे का हाथी डर कर परे हट गया होगा, तो फिर क्या हुआ।"

अब्बा ने कहा, "नन्ही अब बड़ा तमाशा हुआ कि...

मचाया जो गेहूँ के अंडों ने शोर।

"किस के अंडों ने? गेहूँ के... तो क्या गेहूँ के भी अंडे होते हैं?"

"भई मुझे क्या मालूम। कहानी बनाने वाले ने यही लिखा है।"

"ये कहानी किस ने बनाई है?"

"हफ़ीज़ साहब ने।"

"अब्बा अब मैं समझा। अब मैं समझा। आगे सुनाइए अब्बा जान जी।"

अब्बा जान आगे बढ़े...

"मचाया जो गेहूँ के अंडों ने शोर।
लगा नाचने साँप की दुम पे मोर।
खड़ा था वहीं पास ही एक शेर।
बहुत सारे थे उसकी झोली में बेर।
करेला बजाने लगा उठ के बीन।
लिए शेर से बेर चुहिया ने छीन।"

"चुहिया ने शेर से बेर छीन लिए!"

"जी हाँ! बड़ी ज़बरदस्त चुहिया थी ना।"

अब बच्चों को मालूम हो गया था कि अब्बा जान हमारी आज़माने के लिए कहानी कह रहे हैं। अम्माँ-जान भी हँसती हुई बोलीं... "और तो ख़ैर, ये करेले ने बीन अच्छी बजाई।"

नन्ही बहुत ख़फ़ा हो रही थी। सिलसिला टूटता था तो उसको बुरा मालूम होता था। "अब्बा जी कहिए कहिए आगे कहिए।"

अब्बा जान ने कहा: "बेटी में तो कहता हूँ, ये लोग कहने नहीं देते। हाँ मैं क्या कह रहा था...

लिए शेर से बेर चुहिया ने छीन।
ये देखा तो फिर बादशाह ने कहा...
अरी प्यारी चिड़िया इधर तो आ
वो आई तो मूँछों से पकड़ा उसे।
हवा की कमंदों में जकड़ा उसे।

भाई जान ने क़हक़हा मारा... "हा हा हा हा। लीजिए बादशाह फिर आ गया, और चिड़िया भी आ गई। चिड़िया भी मूँछों वाली।"

मँझले बोले "अब्बा जी ये हवा कि कमंदें क्या होती हैं।"

अब्बा जान ने कहा, "बेटे किताबों में इसी तरह लिखा है। कमंद-ए-हवा चचा सादी लिख गए हैं।"

आपा ने पूछा, "अब्बा जी ये सादी के नाम के साथ चचा क्यों लगा देते हैं?"

मगर नन्ही अब बहुत बिगड़ गई थी। उसने जवाब का वक़्त न दिया और बिसूरने लगी... "ऊँ ऊँ ऊँ... कहानी ख़त्म कीजिए। वाह सारी कहानी ख़राब कर दी।"

अब्बा जान ने इस तरह कहानी ख़त्म की...
ग़रज़ बादशाह लाव-लश्कर के साथ।
चला सैर को एक झींगुर के साथ।

मगर राह में च्यूँटियाँ आ गईं।
चने जिस क़दर थे वो सब खा गईं।
बड़ी भारी अब तो लड़ाई हुई।
लड़ाई में घर की सफ़ाई हुई।
अकेला वहाँ रह गया बादशाह।
हमारा तुम्हारा ख़ुदा बादशाह।

(3) दो बाप दो बेटे

बानो सरताज

हसन और रोहन की दोस्ती गाँव भर में मशहूर थी।

बचपन के दोस्त थे, जवानी में भी दोस्ती क़ायम थी। दोनों के मिज़ाज में इतनी हम-आहंगी थी कि एक चीज़ एक को पसंद आती तो दूसरा भी उसे पसंद करने लगता। किसी बात से एक नाराज़ होता तो दूसरा भी उस तरफ़ से रुख़ फेर लेता।

दोनों के ख़ानदान वाले भी उनकी दोस्ती पर नाज़ करते।

रोहन बचपन से बीमार रहता था। बारिश में भीगा कि बुख़ार जकड़ लेता, लू लगती तो बिस्तर पर पड़ जाता, सर्दी में नज़ला, खाँसी उसे घेरे रहते। इस वजह से दिमाग़ी तौर पर कमज़ोर हो गया था। सातवीं क्लास के बाद उसने पढ़ाई छोड़ दी।

हसन को भी पढ़ाई लिखाई से कोई ख़ास दिलचस्पी न थी मगर उसके वालिद की बड़ी ख़्वाहिश थी कि वो तालीम हासिल करे। दसवीं

जमात के बाद उसने भी स्कूल जाना छोड़ दिया और अपने वालिद के साथ पर परचून की दुकान पर बैठने लगा। उसकी शादी भी जल्दी हो गई। दस साल का एक बेटा मुहसिन था उसका।

रोहन अपने पिता के साथ खेतों में काम करता था। एक रोज़ वो हसन के पास पहुँचा तो कुछ ग़मगीं था। हसन से बोला, "चलो कहीं बाहर चल कर बातें करते हैं।"

तन्हाई मिलते ही बोला, "हसन, मेरी शादी तय हो गई है।"

"ये तो ख़ुशी की बात है।" हसन ने उसे मुबारकबाद दी...

"कब है शादी?"

"तारीख़ तय करने परसों जाना है। तुझे भी साथ चलना है। मगर एक मसला सामने आ गया है।"

"तुम लोगों की तरफ़ से या लड़की वालों की तरफ़ से? हसन ने पूछा...

"न हमारी न उनकी तरफ़ से बल्कि लड़की ने मुझसे एक पहेली बूझने को कहा है।"

हसन को हंसी आ गई। रोहन रोती सूरत बना कर बोला, "तुम्हें हंसी आ रही है।"

"तौबा-तौबा अब नहीं हंसूँगा। पूरी बात बता।"

हसन ने माफ़ी माँग ली। सब कुछ तय हो गया, हम लोग वापिस लौटने लगे तो एक छोटी लड़की मुझे इशारा से एक तरफ़ बुला ले गई। वहाँ मेरी होने वाली पत्नी खड़ी थी। उसने कहा "मैंने सुना है तुम कम पढ़े लिखे हो... मेरी एक पहेली का जवाब दो। जवाब न दे सके तो मैं शादी से इन्कार कर दूँगी।"

"क्या है वो पहेली?"

"दो बाप, दो बेटे, एक साथ मछली पकड़ने गए। हर एक ने एक एक मछली पकड़ी, आपस में तक़सीम कर ली। ख़ुशी-ख़ुशी तीन मछलियाँ लेकर घर लौटे। कैसे? लोग तो चार थे। मुझे जवाब नहीं देते बना। मुझे जवाब नहीं मालूम था।"

"फिर क्या हुआ?" हसन ने पूछा...

"मेरा उतरा हुआ मुँह देख कर बोली, कल तक जवाब लेकर आओ।

हसन! तुझे पहेली का जवाब मालूम है? मैं किसी और से नहीं पूछ सकता। पूरे गाँव में बात फैल जाएगी। फिर कोई लड़की मुझसे शादी नहीं करेगी।"

हसन ने सोचते हुए कहा, "नहीं, जवाब मुझे भी नहीं मालूम मगर मैं सोचता हूँ कि तुम भी सोचो

यक़ीनन जवाब मिल जाएगा।"

हसन की बीवी नईमा बड़ी अक़लमंद थी। हसन ने उसे सारी बात बताई। किसी से न बताने का वाअदा लिया। नईमा को भी जवाब नहीं मालूम था।

नईमा ने रात का खाना बनाया। वो मुसलसल पहेली के बारे में सोच रही थी। उसने दस्तर-ख़्वान बिछाया। खाना लगाया। सुसर साहिब को बुलाया, हसन को बुलाया और मुहसिन को भी आवाज़ दी। तीनों बैठ गए तो नईमा ने ज्वार की तीन मोटी-मोटी रोटियाँ एक प्लेट में ला कर रख दीं। बोली...

दो बाप, दो बेटे, रोटियाँ पकाईं तीन। हर एक के हिस्से की एक-एक रोटी चलो बिसमिल्लाह करो।"

"वाह अम्मी!" मुहसिन खुल कर हंस पड़ा...

"आपका हिसाब ग़लत हो गया। दो बाप दो बेटे मिल कर तो चार होते हैं।"

"बिलकुल ग़लत नहीं हुआ बेटे..." नईमा ने हंसकर कहा "दादा बाप और बेटा, कहने को तो तीन हैं मगर दो बाप यानी एक तुम्हारे अब्बू और एक तुम्हारे अब्बू के अब्बू और दो बेटे यानी दादा-जान के बेटे तुम्हारे अब्बू और तुम्हारे अब्बू के बेटे तुम गिनती में चार हैं।"

हसन के दिमाग़ की खिड़की खुल गई। फ़ौरन उठ खड़ा हुआ। बोला...

"अब्बू जान, बिसमिल्लाह कीजिए, मैं अभी आया।"

हसन तक़रीबन दौड़ता हुआ रोहन के घर पहुँचा। उसे बाहर बुलाया। उसके कान में बोला, दो बाप। दो बेटे यानी दादा, बाप और पोता। तीन मछलियाँ, इन तीनों में तक़सीम हुईं। अब कल सुबह ही ससुराल पहुँच जा। होने वाली दुल्हन को पहेली का जवाब दे-दे। मैं जा रहा हूँ अब्बू जान खाने पर मेरा इंतिज़ार कर रहे हैं।"

रोहन ने ख़ुश हो कर हसन को गले लगा लिया। हसन घर लौट गया।

(4) दो दोस्त दो दुश्मन
जमील जालिबी

घने जंगल में एक दलदल के क़रीब बरसों से एक चूहा और एक मेंढक रहते थे। बातचीत के दौरान एक दिन मेंढक ने चूहे से कहा, "इस दलदल में मेरा ख़ानदान सदियों से आबाद है और इसीलिए ये दलदल जो मुझे बाप-दादा से मिली है, मेरी मीरास है।"

चूहा इस बात पर चिढ़ गया। उसने कहा, "मेरा ख़ानदान भी यहाँ सैंकड़ों सालों से आबाद है और मुझे भी ये जगह अपने बाप-दादा से मिली है और ये मेरी मीरास है।"

ये सुन कर मेंढक ग़ुस्से में आ गया और तू-तू मैं-मैं शुरू हो गई। बात इतनी बढ़ी कि उनकी दोस्ती में फ़र्क़ आ गया और दोनों ने एक दूसरे से बोलना छोड़ दिया।

एक दिन चूहा वहाँ से गुज़रा तो मेंढक ने उस पर आवाज़ किसी जो चूहे को बहुत बुरी लगी। इसके बाद चूहे ने ये किया कि वो घास में छिप कर बैठ जाता और जब मेंढक वहाँ से गुज़रता तो उस पर

हमला कर देता।

आख़िर तंग आकर एक दिन मेंढक ने कहा "ऐ चूहे तू चोरों की तरह ये क्या छुप-छुप कर हमला करता है? मर्द है तो सामने मैदान में आ, ताकि खुल कर मुक़ाबला हो और तुझे मेरी क़ुव्वत का पता चले।"

चूहे ने ये बात क़ुबूल कर ली और दूसरे दिन सुबह ही सुबह मुक़ाबले का वक़्त मुक़र्रर हुआ। मुक़र्ररा वक़्त पर एक तरफ़ से चूहा निकला। उसके हाथ में नर्सल के पौदे का एक लंबा तिनका था। दूसरी तरफ़ से मेंढक आगे बढ़ा। उसके हाथ में भी ऐसा ही तिनका था। दोनों ने एक दूसरे पर ज़बरदस्त हमला किया और फिर ज़रा सी देर में दोनों गुत्थम-गुत्था हो गए।

अभी ये लड़ाई जारी थी कि दूर हवा में उड़ती हुई एक चील ने देखा कि एक चूहा और एक मेंढक आपस में गुत्थम-गुत्था हो रहे हैं। वो तेज़ी से उड़ती हुई नीचे आई और एक झपटे में दोनों पहलवानों को अपने तेज़, नोकीले पंजों में दबा कर ले गई।

अब वहाँ चूहा है न मेंढक... दलदल अब भी मौजूद है।

(5) सितारा-परी

राजा मेहदी अली ख़ाँ

नन्ही शीला एक दिन अपनी गुड़ियों के लिए चाय बना रही थी, कि यकायक उसके घर के दरवाज़े पर दस्तक हुई। शीला ने ख़याल किया कि उसकी कोई सहेली उससे मिलने आई है। लेकिन जब उसने दरवाज़ा खोला तो देखा कि एक औरत अपने तीन बच्चों को गोद में लिए खड़ी है।

उस औरत के बाज़ुओं के साथ सात रंग के ख़ूबसूरत पर भी लगे थे और माथे पर एक सितारा जगमगा रहा था और लिबास तो ऐसा था जैसे तितली के परों का बना हो।

शीला उसे मुस्कुराता देख कर कहने लगी, "ख़ूबसूरत औरत, तुम कौन हो?"

औरत बोली, "मैं हूँ सितारा परी।"

शीला ने पूछा, "तुम्हें मुझसे क्या काम है?"

सितारा परी बोली, "ज़रा मुझे अपने घर में दाख़िल होने की इजाज़त दो।"

शीला कहने लगी, "घर में घुस कर क्या

करोगी?"

सितारा परी बोली, "अपने बच्चों को तुम्हारे गुस्ल-ख़ाने में नहलाऊँगी।"

शीला ने जवाब दिया, "अच्छा नहला लो।"

अब परी अपने बाल-बच्चों को गुस्ल-ख़ाने में नहलाने लगी और शीला अपनी ख़ूबसूरत मेहमान को तवाज़ो की लिए दौड़ कर बाज़ार से बिस्कुट लेने चली गई। वापस आई तो देखा कि उसकी ख़ूबसूरत मेहमान ग़ायब है। लेकिन गुस्ल-ख़ाना ख़ुशबुओं से महक रहा है।

शीला ने हैरत से गुस्ल-ख़ाने में इधर-उधर नज़र दौड़ाई तो देखा कि परी अपना एक ख़ूबसूरत दस्ताना अलगनी पर भूल गई है। दस्ताना प्यारा था। उसे देखते ही शीला के मुँह से मारे ख़ुशी के एक चीख़ निकल गई। उसने दौड़ कर उसे पहन लिया। दस्ताना पहनते ही वो एक और ही दुनिया में पहुँच गई।

उसने देखा कि वो बालाई के एक पहाड़ पर खड़ी है जिससे दूध की नदियाँ नीचे को बह रही हैं। पहाड़ पर चाँदी के छोटे-छोटे चमचे भी बिखरे थे। शीला ने एक चमचा उठा लिया और बालाई के पहाड़ों की

मज़ेदार चोटियाँ खाने लगी। बालाई खाने के बाद उसे प्यास महसूस हुई तो वो नीचे उतर आई। दूध की नद्दियों के किनारे मिस्री के कटोरे रखे थे एक कटोरा नदी के दूध से भर कर उसने पिया और फिर आगे बढ़ी। हर तरफ़ बाग़ ही बाग़ नज़र आ रहे थे। जिनमें रंग-बिरंग शर्बत के फ़व्वारे नाच रहे थे। फ़व्वारों के हौज़ के किनारों पर ज़मुर्रद के छोटे-छोटे गिलास रखे थे। उसने एक फ़व्वारे से शर्बत का एक गिलास पिया। फिर दूसरे फ़व्वारे से फिर तीसरे फ़व्वारे से क्योंकि हर फ़व्वारे के शर्बत का मज़ा नया था।

उसके बाद शीला ने बाग़ को ग़ौर से देखना शुरू किया। मालूम हुआ कि उसमें चहकने वाले पंछी भी मिठाई के हैं। एक कोयल और एक बुलबुल शीला ने पकड़ कर खाई और फिर आगे बढ़ी। आगे एक बड़ा ख़ूबसूरत बाज़ार आ गया, जिसमें हर तरफ़ परियाँ ही परियाँ नज़र आती थीं। शीला उनमें जा घुसी और बाज़ार का तमाशा देखने लगी।

दुकानों पर बड़ी-बड़ी अजीब चीज़ें बिक रही थीं। रंग-बिरंग फूल, तितलियाँ, सितारे, मोती, कल के उड़ने वाले पंछी, गुल-दान, मुरब्बे, जैम, चॉकलेट और तरह-तरह के खिलौने।

यकायक शीला को सितारा परी अपने बच्चों के साथ एक दुकान पर खड़ी नज़र आई। वो एक दुकान से अपने बच्चों के लिए नर्गिस के फूल चुरा रही थी।

शीला चिल्ला कर बोली, "सितारा परी! दुकानदार के फूल क्यों चुरा रही हो?"

सितारा परी ने मुड़ कर उसकी तरफ़ देखा और मुस्कुरा कर बोली, "शीला मेरे क़रीब आओ।"

जब शीला उसके पास आई तो सितारा परी ने उसकी आँखों पर अपने नर्म-नर्म हाथ रख दिए और बोली, "शीला, जो कुछ देख रही हो, न देखो। जो कुछ सोच रही हो, न सोचो। जो कुछ देख चुकी हो, भूल जाओ।"

इसके बाद सितारा परी ने ज़ोर से एक ख़ूबसूरत क़हक़हा लगाया और अपने नर्म-नर्म हाथ शीला की आँखों से हटा लिए।

शीला डर गई। उसने आँखें फाड़-फाड़ कर चारों तरफ़ देखना शुरू किया। अब वहाँ कुछ भी न था। वो अपने बिस्तर पर लेटी थी।

उसके भैया का सफ़ेद मुर्ग़ा कुक्कड़ूँ कूँ कुक्कड़ूँ कूँ कर रहा था कि आसमान पर सुबह का सितारा उसकी तरफ़ देख-देख कर शरारत से मुस्कुरा रहा था।

(6) बोतल के क़ैदी

सिराज अनवर

बड़ा सुनसान जज़ीरा था। ऊँचे-ऊँचे और भयानक दरख़्तों से ढका हुआ। जितने भी सय्याह समुंद्र के रास्ते उस तरफ़ जाते, एक तो वैसे ही उन्हें हौसला न होता था कि उस जज़ीरे पर क़दम रखें। दूसरे आस-पास के माही-गीरों की ज़बानी कही हुई ये बातें भी उन्हें रोक देती थीं कि उस जज़ीरे में आज तक कोई नहीं जा सका और जो गया वापिस नहीं आया। उस जज़ीरे पर एक अंजाना ख़ौफ़ छाया रहता है। इनसान तो इनसान परिंदा भी वहाँ पर नहीं मार सकता। ये और इसी क़िस्म की दूसरी बातें सय्याहों के दिलों को सहमा देती थीं। बहुतेरों ने कोशिश की मगर उन्हें जान से हाथ धोने पड़े।

एक दिन का ज़िक्र है कि चार आदमियों के एक छोटे से क़ाफ़िले ने उस हैबत-नाक जज़ीरे पर क़दम रखा। कमाल, एक कारोबारी आदमी था। वो बंबई के हंगामों से उकता कर एक पुर-सुकून और अलग-थलग सी जगह की तलाश में था। जब उसे मा'लूम

हुआ कि वो जज़ीरा अभी तक ग़ैर-आबाद है तो वो अपनी बीवी परवीन, अपनी लड़की अख़तर, अपने लड़के अशरफ़ को जज़ीरे के बारे में बताया। दोनों भाई बहन ने जो ये बात सुनी तो बेहद ख़ुश हुए। क्योंकि उनके ख़्याल में उस जज़ीरे पर एक छोटे से घर में कुछ वक़्त गुज़ारना जन्नत में रहने के बराबर था।

आख़िर-ए-कार वो दिन आ ही गया जब कमाल अपने बच्चों के साथ उस जज़ीरे पर उतरा। जज़ीरा अंदर से बहुत ख़ूबसूरत था। जगह-जगह फूलों के पौदे लहलहा रहे थे। थोड़े-थोड़े फ़ासले पर फल-दार दरख़्त सीना ताने खड़े थे। ऊँचे-ऊँचे टीलों और सब्ज़ घास वाला जज़ीरा बच्चों को बहुत पसंद आया। मगर अचानक कमाल ने चौंक कर इधर-उधर देखना शुरू कर दिया। उसे ऐसा लगा जैसे किसी ने हलका क़हक़हा लगाया हो। पहले तो उसने इस बात को वह्म समझ कर दिल में जगह नहीं मगर दुबारा भी ऐसा ही हुआ तो उसके कान खड़े हुए। उसने दिल में सोच लिया कि माहीगीरों की कही हुई बातों में सच्चाई ज़रूर है। मगर उसने बेहतर यही समझा कि अपने इस ख़्याल को किसी दूसरे पर ज़ाहिर न करे।

अगर वो ऐसा करता तो बच्चे ज़रूर डर जाते।

जब तक दिन रहा वो सब जज़ीरे की सैर करते रहे। रात हुई तो उन्हें कोई महफ़ूज़ जगह तलाश करनी पड़ी जहाँ वो ख़ेमा लगाना चाहते थे। आख़िर एक छोटे से टीले से नीचे उन्होंने ख़ेमा गाड़ दिया। मगर कमाल बार-बार यही सोच रहा था कि आख़िर वो हल्के से क़हक़हे उसे फिर सुनाई दिए। कमाल को परेशानी तो ज़रूर हुई मगर वो अपनी इस परेशानी को दूसरों पर ज़ाहिर नहीं करना चाहता था। इसलिए उसने अपनी बीवी से कहा, "अभी तो इसी जगह रात बसर की जाए, सुबह को ऐसी जगह देखूँगा जहाँ मकान बनाया जा सके।"

"मगर सुनो कमाल। क्या तुमने किसी के हँसने की आवाज़ सुनी है?" परवीन ने सहम कर पूछा।

"सुनी तो है।" कमाल ने आहिस्ता से कहा। "मगर इस बात को बच्चों से छुपाए रखना, मेरे ख़्याल में माहीगीर ठीक कहते थे। मगर डरने की कोई बात नहीं। मैं इतना बुज़दिल नहीं हूँ कि इन मा'मूली बातों से घबराऊँ।"

अभी वो बातें कर ही रहे थे कि अशरफ़ ने सहम कर कहा, "अब्बा! मैंने किसी की हंसी सुनी है और

ये हंसी बहुत क़रीब ही से सुनाई दी है। क्या बात है? कहीं यहाँ भूत-वूत तो नहीं हैं?"

"पागल मत बनो अशरफ़। ये तो किसी परिंदे की आवाज़ है। मैं भी बहुत देर से सुन रहा हूँ।"

कमाल ने तो ये कह कर अशरफ़ को टाल दिया। मगर अशरफ़ सोच रहा था कि इस जज़ीरे में तो एक भी परिंदा नहीं है। फिर आख़िर अब्बा झूट क्यों बोल रहे हैं। जब उसकी समझ में कुछ न आया तो वो ख़ामोशी से अंदर ख़ेमे में जा कर लेट गया और सोचने लगा कि जब सुबह होगी तो ख़्वाह-म-ख़्वाह का डर भी उसके दिल से दूर हो जाएगा। रात को तो ऐसे ही ऊट-पटांग ख़्याल ज़हन में आया करते हैं।

सुबह भी आ गई। दूसरी जगहों की तरह यहाँ-परिंदों की चह-चहाहट बिलकुल नहीं थी। फूलों पर तितलियाँ नहीं मंडला रही थीं। एक पुर-असरार ख़ामोशी ने पूरे जज़ीरे को अपनी गोद में ले रखा था। कमाल ने सबको उठाया और फिर कहा, "आओ जज़ीरे के कोने-कोने को देखें, हो सकता है कि कहीं हमें कोई ऐसी जगह मिल जाए जहाँ पीने का पानी भी हो और जो समुंद्र से क़रीब भी हो। बस ऐसी ही

जगह हम अपना छोटा सा घर बनाएँगे।"

ये सुन कर सबने सामान बाँधा और अपने कंधों पर लटका लिया। फिर ये छोटा सा कुम्बा घर बनाने के लिए जज़ीरे के अंदर बढ़ने लगा। शायद एक-दो फ़र्लांग चलने के बाद ही कमाल ठिठक गया। उसकी नज़रें सामने की तरफ़ जमी हुई थीं। उस जज़ीरे के ख़ूबसूरत से जंगल में एक निहायत ही ख़ूबसूरत मकान बना हुआ था। शायद ये मकान बहुत ऊँचा था। क्योंकि उसका ऊपर का हिस्सा दरख़्तों में छिप गया था। इसके इलावा वो सबसे ज़्यादा हैरान करने वाली बात ये थी कि ये मकान बिलकुल शीशे का नज़र आता था। गो इसकी दीवारों के आर-पार कोई चीज़ नज़र नहीं आती थी। लेकिन दीवारों की चमक बताती थी कि वो शीशे की बनी हुई हैं। बिलकुल सामने एक दरवाज़ा था और दरवाज़े के आगे नन्ही-मुन्नी सी रविश थी।

"अब्बा! ये मकान किस का है?" अख़तर ने पहली बार पूछा।

"कोई न कोई यहाँ रहता ज़रूर है।" कमाल ने जवाब दिया। "माही गीर ग़लत कहते थे कि ये ग़ैर-आबाद जज़ीरा है।"

"अरे! मगर दरवाज़ा तो खुला हुआ है।" अशरफ़ ने हैरत से कहा।

"आ जाइए, अंदर आ जाइए। मैं तो बरसों से आपका इंतिज़ार कर रहा हूँ।" एक बड़ी भारी आवाज़ अंदर से आई।

"चलिए, अंदर चल कर तो देखें कौन है, कोई हमें बुला रहा है।" परवीन ने कमाल के कान में कहा।

कमाल ने आहिस्ता से दरवाज़ा खोला और फिर उसके साथ ही एक-एक कर के सब अंदर दाख़िल हो गए। अंदर का मंज़र देख कर वो हैरान रह गए क्योंकि उस शीशे के कमरे में फ़र्नीचर बिलकुल नहीं था और कमरा ख़ाली था। उनके अंदर दाख़िल होते ही अचानक दरवाज़ा बंद हो गया। कमाल ने जल्दी से आगे बढ़ कर दरवाज़ा खोलने की कोशिश की मगर ये देख कर उसकी हैरत की इंतिहा न रही कि दरवाज़ा बाहर से बंद हो गया है और अब खुल नहीं सकता। यका-यक वही क़हक़हे फिर सुनाई देने लगे। पहले उनकी आवाज़ मद्धम थी मगर अब बहुत तेज़ थी।

"ये क़हक़हे किस के हैं कौन हंस रहा है?" कमाल

ने चिल्ला कर पूछा, मगर उसकी आवाज़ शीशे के मकान में गूँज कर रह गई।

चंद मिनट के बाद शीशे की दीवारों के बाहर का मंज़र नज़र आने लगा और कमाल ने देखा कि बाहर जंगल में धुआँ ज़मीन से उठ रहा है। बढ़ते-बढ़ते ये धुआँ आसमान तक जा पहुँचा और फिर उस धुएँ ने इनसान की शक्ल इख़्तियार कर ली। उन लोगों को शीशे के मकान में देखते ही उसने क़हक़हे लगाने शुरू कर दिए। उसके सर पर एक लंबी सी चोटी थी जो उसके कंधों पर झूल रही थी।

"मैं आज़ाद हूँ! मैं आज़ाद हूँ! हाहाहा!" उस लंबे आदमी ने क़हक़हे लगाते हुए कहना शुरू किया "मैं आज़ाद हूँ! ऐ अजनबी जानते हो, मैं पाँच सौ साल से इस शीशे की बोतल में बंधा था, लेकिन आज़ाद हूँ! हाहाहा!"

"लेकिन तुम हो कौन और हमें इस तरह क़ैद करने से तुम्हारा मतलब क्या है?" कमाल ने पूछा।

"मैं जिन हूँ। मैं दुनिया का हर वो काम कर सकता हूँ जो तुम नहीं कर सकते। पाँच सौ साल पहले एक माहीगीर ने मुझे एक मोटी सी बोतल के क़ैद-ख़ाने में से निकाला था और जब मैंने उसे खाने

का इरादा किया था तो उस कम्बख़्त ने मुझे धोके से बोतल में बंद कर दिया था। मैं वही जिन हूँ अजनबी, समझे!"

"मगर ये तो एक मन-घड़त कहानी है।" परवीन ने कहा।

"बहुत से अफ़साने दर-अस्ल हक़ीक़तों से ही जन्म लेते हैं।" जिन ने कहा, "माहीगीर ने मुझे बोतल में क़ैद किया था वो पाँच सौ साल के बाद टूट गई। मैं फिर आज़ाद हो गया और मैंने कुछ ऐसे काम किए जिनकी बदौलत मुझे बड़ी ताक़तों ने फिर से इस बोतल में, इस जज़ीरे में क़ैद कर दिया। मेरी आज़ादी की शर्त ये रखी गई कि इधर कोई इनसान इस जगह आ कर मेरी जगह ले-ले तो मैं आज़ाद हो सकता हूँ और इसलिए आज ऐ बेवक़ूफ़ अजनबी तुमने मुझे आज़ाद किया है और अब मेरी जगह तुम इस बोतल के क़ैदी हो। हाहा हा।"

"ख़ुदा की पनाह! तो क्या ये मकान बोतल की शक्ल का है।" कमाल ने इधर-उधर देखते हुए कहा।

"अब मैं दुबारा क़ैदी बनने की ग़लती नहीं करूँगा।" जिन ने कहा, "अब दुबारा में क़ैद नहीं हूँगा। हा हा हा!"

ये सुनते ही कमाल की बुरी हालत हो गई। उसने दीवानों की तरह जल्दी से आगे बढ़ कर उस शीशे के दरवाज़े पर ज़ोर की एक लात रसीद की मगर नतीजा कुछ न निकला। हिम्मत हार कर वो बेबसी से जिनके मुस्कुराते हुए चेहरे को देखने लगा।

"बेवक़ूफ़ अजनबी। तुम अब यहाँ से कभी बाहर न निकल सकोगे। तुम ज़िंदगी भर के लिए क़ैद हो गए हो। अच्छा अब मैं चलता हूँ। मुझे बहुत से काम करने हैं। जब तुम ख़ुद मुझसे जाने के लिए कहोगे उस वक़्त जाऊँगा, इसलिए मुझे इजाज़त दो।"

"अभी आपको इजाज़त नहीं मिल सकती क्योंकि आप मुझे एक शरीफ़ जिन मा'लूम होते हैं।" अख़तर ने हौसला कर के कहा।

"वो तो मैं हूँ ही। कौन कहता है कि मैं शरीफ़ नहीं हूँ? बोलो?"

"अगर आप शरीफ़ हैं तो ठहरिए और मेरे एक सवाल का जवाब दीजिए। ये एक पहेली है। अगर आपने इस पहेली का ठीक जवाब दे दिया तो हम अपनी मर्ज़ी से यहीं क़ैद हो जाएँगे और अगर आपने सही जवाब नहीं दिया तो मुझे उम्मीद है कि आप अपनी शराफ़त का मुज़ाहिरा करेंगे और हमें जाने

देंगे। कहानियों में मैंने यही पढ़ा है कि शरीफ़ जिन क़ौल दे कर नहीं मुकरते। मैं आपको तीन मौक़े दूँगी। अगर तीनों बार सही जवाब न दे सके तो आप हार जाएँगे। बोलिए मंज़ूर है? आप ख़ामोश क्यों हैं। क्या आप डरते हैं?"

ये सुन कर जिन बड़े ज़ोर से हंसा और उसकी हंसी से जंगल के दरख़्त लरज़ने लगे। उसके बाद वो घुटनों के बल ज़मीन पर बैठ गया और अपना मुँह शीशे की दीवार के पास ला कर ज़ोर से कहने लगा, "मैं डरता हूँ, हा हा हा! मैं जो पूरी दुनिया का मालिक हूँ। तुम जैसी नन्ही सी गुड़िया से डर जाऊँगा! हा हा हा! मैं दुनिया का सबसे अक़्ल-मंद जिन हूँ। अपनी शराफ़त का मुज़ाहिरा करते हुए मैं तुम्हें इसकी इजाज़त देता हूँ कि तुम मुझसे अपनी पहेली पूछो, बोलो वो क्या पहेली है?"

कमाल, परवीन और अशरफ़ हैरत से अख़तर को देख रहे थे जो इतने बड़े जिन से मुक़ाबला करने को तैयार थी।

"वो क्या चीज़ है जो पूरी दुनिया को घेरे हुए है? ज़मीन पर, समुंद्र में, हवा में, ख़ला में सब जगह मौजूद है। तुम उसे देख सकते हो मगर देख नहीं

सकते। तुम उसे महसूस कर सकते हो मगर महसूस नहीं कर सकते। वो दुनिया की बड़ी से बड़ी फ़ौज से भी ताक़तवर है और अगर चाहे तो सूई के नाके में से निकल सकती है और दुनिया का हर इनसान उसे अच्छी तरह जानता है बताओ वो क्या है?"

जिन ने ये सुन कर क़हक़हा लगाया और कहा, "भोली गुड़िया, पहेली का जवाब ये है कि वो चीज़ ऐटम है। ऐटम हर जगह है लेकिन हम उसे देख नहीं सकते। सिर्फ साइंस-दाँ देख सकते हैं। हम उसे महसूस नहीं कर सकते लेकिन अगर किसी चीज़ को छूएँ तो महसूस कर सकते हैं। वो दुनिया की बड़ी से बड़ी फ़ौज से भी ताक़तवर है और अगर चाहें तो सूई के नाके में से भी निकल सकता है।"

"बिलकुल ग़लत।" अख़तर ने मुस्कुरा कर कहा, "दुनिया के बहुत से आदमी ऐटम को नहीं जानते।"

ये सुन कर जिन्न बहुत घबराया और बोला, "ठहरो, मुझे सोचने दो, हाँ ठीक है, अब सही जवाब मिल गया, वो चीज़ रौशनी है। रौशनी हर जगह है और हर आदमी उसे देख सकता है। क्यों?"

"अब भी ग़लत।" अख़तर ने ख़ुश हो कर कहा, "अंधे आदमी रौशनी कैसे देख सकते हैं?"

"बेवक़ूफ़ लड़की।" जिन ने घबरा कर कहा, "तुम मुझे नादान समझती हो और धोका देना चाहती हो। मैं जानता हूँ कि इस पहेली का कोई जवाब नहीं है, इसलिए अब मैं कोई जवाब न दूँगा।

"जवाब क्यों नहीं है?" अख़तर ने कहा, "इसका जवाब है सच, सच हर जगह है। तुम उसे देख सकते हो और महसूस भी कर सकते हो अगर तुम सच्चे हो और अगर तुम सच्चे नहीं हो तो तुम न उसे देख सकते हो और न महसूस कर सकते हो। दुनिया का हर शख़्स सच को जानता है। सच दुनिया की बड़ी से बड़ी फ़ौज से भी ताक़तवर है और एक सूई के नाके में से भी निकल सकता है।"

ये सुनते ही जिन ने एक ज़बरदस्त क़हक़हा लगाया और कहा, "तुमने मुझसे चालाकी से काम लिया और मैंने भी तुमसे। मैंने भी चालाकी से तुमसे सही जवाब मा'लूम कर लिया। तुमने मुझे तीन मौक़े दिए थे और मैंने दो ही मर्तबा में तुमसे ठीक जवाब हासिल कर लिया। कहो कैसी रही? क्योंकि तुमने तीसरे मौक़े का इंतिज़ार किए बग़ैर ही सही जवाब बता दिया इसलिए तुम हार गईं।"

अख़तर तो अब चुप हो गई मगर कमाल ने

आगे बढ़ कर कहा, "ये तुम्हारी कमज़ोरी की पहली निशानी है। तुमने एक बच्ची से चालाकी से ठीक जवाब मा'लूम कर लिया। सच जितना बड़ा है, तुम उतने बड़े नहीं हो। मेरी बच्ची ने ये बात साबित कर दी है।"

"बकवास मत करो। मैं हर चीज़ से बड़ा हूँ।" जिन ने जवाब दिया।

"ग़लत है, तुम सच से बड़े नहीं हो।" कमाल ने कहा, "सच एक सूई के नाके में से निकल सकता है। तुम नहीं निकल सकते। हमारे पास इस वक़्त कोई सूई नहीं है जो हम इसका तजुर्बा करें लेकिन इस दरवाज़े में ताले के अंदर कुंजी डालने का सुराख़ तो है। मुझे यक़ीन है कि सूई का नाका तो फिर छोटा सा है मगर तुम इस बड़े से सुराख़ में से भी नहीं गुज़र सकते।"

"ये झूट है, मैं सब कुछ कर सकता हूँ। सूई के नाके में से भी गुज़र सकता हूँ और ताले के सुराख़ में से भी। लो देखो, मैं धुआँ बन कर अभी तुम्हें ये तजुर्बा कर के दिखाता हूँ।"

इतना कहते ही जिन हवा में तहलील होने लगा और फिर धुआँ बनने लगा। उसके धुआँ बनते ही

कमाल ने जल्दी से अपनी पानी का छागल निकाली और उसकी डाट खोल कर सब पानी फ़र्श पर गिरा दिया। जैसे ही जिन धुआँ बन कर ताले के सुराख़ से अंदर आने लगा। कमाल ने जल्दी से छागल का मुँह उस सुराख़ से लगा दिया। जब तमाम धुआँ छागल में चला गया तो कमाल ने डाट मज़बूती के साथ बंद कर दी और हंस कर कहा, "हाँ वाक़ई तुम ताले के सुराख़ में से निकल सकते हो और फिर छागल में क़ैदी हो सकते हो।"

"तुमने मुझे धोका दिया, चालाकी से मुझे बंद कर दिया।" जिन ने छागल में से चिल्लाना शुरू किया, "मुझे आज़ाद करो।"

"तुमने सच की बड़ाई को नहीं माना इसलिए तुम हार गए।" इतना कह कर कमाल ने दरवाज़े को खोलना चाहा तो वो खुल गया।

"लो दरवाज़ा भी खुल गया। अब मैं तुम्हें समुंद्र में वापिस फेंके देता हूँ ताकि तुम दुबारा बाहर निकल कर कोई नया फ़ितना न खड़ा कर सको। तुमने हमें इस बोतल का क़ैदी बनाया था। लेकिन अब तुम ख़ुद क़ैदी हो गए।"

जिन इल्तिजा करता रहा मगर कमाल ने एक न

सुनी और फिर बाहर आ कर उसने छागल समुंद्र में फेंक दी। एक ज़ोर दार तड़ाख़ा हुआ और शीशे का वो क़ैदख़ाना टुकड़े-टुकड़े हो गया, जिसकी शक्ल बोतल की सी थी और जिसका क़ैदी ये छोटा सा कुम्बा था।

(7) फूल वाले दादा जी
अफ़सर मेरठी

किसी गाँव में एक बूढ़ा और बुढ़िया रहा करते थे। उनके पास पूची नाम का एक कुत्ता था। उसको दोनों बहुत प्यार करते थे।

एक दिन जब बूढ़ा अपने खेत में काम कर रहा था, पूची उसे खींच कर एक तरफ़ ले गया और भौंक-भौंक कर पंजों से ज़मीन कुरेदने लगा। बूढ़ा जितना भी उसे हटाने की कोशिश करता पूची उतने ही ज़ोर से भौं-भौं करते हुए फिर ज़मीन कुरेदने लगता। आख़िर बूढ़े ने फावड़ा उठा कर उस जगह को खोदना शुरू किया। खोदने पर वहाँ से हीरे और मोतियों से भरा हुआ घड़ा निकला जिसे पाकर बूढ़ा बहुत ख़ुश हुआ और सारा ख़ज़ाना लेकर अपने घर आ गया।

बूढ़े का एक पड़ोसी था। बेहद लालची। उसने बूढ़े को ख़ज़ाना लाते हुए देखा तो पूछ लिया। बूढ़ा था सीधा-साधा। उसने पड़ोसी को ख़ज़ाना मिलने का सारा वाक़िया कह सुनाया। जलन की वजह से

पड़ोसी की नींद उड़ गई।

अगले दिन उसने मीठी-मीठी बातें कर के बूढ़े से एक दिन के लिए पूची को माँग लिया। उसे लेकर वो सीधे अपने खेत में गया और बार-बार कुत्ते को तंग करने लगा कि वो उसे भी ख़ज़ाना दिखाए। आख़िर पूची ने एक जगह रुक कर पंजों से ज़मीन कुरेदनी शुरू ही की थी कि पड़ोसी ने झट फावड़े से वो जगह खोद डाली। खोदने पर हीरे-मोतियों के बजाय उसे मिला कूड़ा और गंदा कचड़ा। पड़ोसी ने झल्लाहट में आव देखा न ताव और पूची को मार कर फेंक दिया। जब पूची के मालिक बूढ़े को मालूम हुआ तो वो बहुत दुखी हुआ। उसने पूची की लाश को गाड़ कर वहाँ पर एक पेड़ उगा दिया। हैरानी की बात कि दो दिन में ही वो बढ़ कर पूरा पेड़ बन गया। बूढ़े ने उस पेड़ की लकड़ी से ओखली बनाई। नए साल के पकवान बनाने के लिए उसमें धान कूटने लगा तो ओखली में पड़ा धान सोने और चाँदी के सिक्कों में बदलने लगा। पड़ोसी को भी मालूम हुआ तो वो ओखली उधार माँग कर ले गया। जब उसने ओखली में धान कूटे तो धान गंदगी और कूड़े में बदल गया। पड़ोसी ने गुस्से में ओखली को आग

में जला डाला। बूढ़े ने दुखे हुए दिल से जली हुई ओखली की राख इकट्ठा की और उसे अपने आँगन में छिड़क दिया। वो राख जहाँ-जहाँ पड़ी वहाँ सूखी घास हरी हो गई और सूखे हुए पेड़ों की डालियाँ फूलों से लद गईं।

उसी वक़्त वहाँ से बादशाह की सवारी निकल रही थी। बादशाह ने फूलों से लदे पेड़ों को देखा। उसका दिल ख़ुश हो गया और उसने बूढ़े को अशर्फ़ियों की थैली इनाम में दी।

हासिद पड़ोसी ने ये देखा तो बची हुई राख उठा ली और बादशाह के रास्ते में जा कर एक सूखे पेड़ पर राख डाली। पेड़ वैसा ही ठूँट बना रहा पर राख उड़ कर बादशाह की आँखों में जा पड़ी। बादशाह के सिपाहियों ने उसे पकड़ लिया और उसे ख़ूब पीटा। बूढ़ा आस पड़ोस में 'फूल वाले दादा जी' के नाम से मशहूर हो गया।

(8) एक हिमाक़त एक शरारत

वक़ार मोहसिन

शरारत और हिमाक़त में से कौन बाज़ी ले गया। इसका फ़ैसला आपको करना है।

मालूम नहीं कि बचपन का दौर ऐसा ही सुहाना, हसीन, दिल-फ़रेब और सुनहरा होता है या वक़्त की दबीज़ चादर के झरोके से ऐसा लगता है। अब मेरे सामने मेरे ख़ानदान की तीसरी नस्ल के शिगूफ़े परवान चढ़ रहे हैं। मुझे महसूस होता है कि आजकल के बच्चों का बचपन इतना पुर-रौनक, रंगीन और पुरजोश नहीं जैसा हमारा बचपन था। दो-तीन घंटे टीवी के सामने बैठ कर कार्टून देखना, वीडियो गेम, मोबाइल फ़ोन और इंटरनेट में ग़र्क़ बच्चों की दुनिया एक कमरे तक महदूद होती है। जबकि हमारे खेलों और शरारतों का दायरा बहुत वसीअ था। अक्सर हमारे खेलों के शोर और हंगामों से घर वाले और कभी-कभी अहल-ए-महल्ला भी आजिज़ रहते थे।

हमारे बचपन के महबूब खेल आँख-मिचौली,

चोर-सिपाही, अंधा-भैंसा, ऊँच-नीच और कोड़ा-जमाल शाही होते थे। जब कुछ और बड़े हुए तो गुल्ली-डंडा, कब्बडी, गेंद तड़ी, गेंद-बल्ला, फ़ुटबाल और पतंग-बाज़ी की तरफ़ राग़िब हुए। लू के गर्म थपेड़ों और दाँत किटकिटाने वाली सर्दी में भी हम इसी तरह इन खेलों में महव रहते।

ये भी दुरुस्त है कि दौर-ए-हाज़िर के तक़ाज़ों के मुताबिक़ आज के बच्चे हमारे दौर के बच्चों के मुक़ाबले में कहीं ज़्यादा ज़हीन, ज़हनी तौर से पुख़्ता, पुर-एतिमाद हैं। ज़िंदगी के जो रुमूज़ हम पर दस बारह साल की उम्र में खुले आज पाँच-छः साल के बच्चे उन हक़ायक़ से आगाह हैं।

अपने बचपन का एक वाक़िया आपको सुनाता हूँ जिससे आपको अंदाज़ा होगा कि उमूमन दस-बारह साल की उम्र में भी आम बच्चे कित्ते मासूम और सादा होते थे। आप चाहें तो बेवक़ूफ़ कह लें।

उस वक़्त शायद हम आठवीं क्लास में थे। स्कूल से घर तक तीन मील का फ़ासला पैदल ही तय करना होता था। गर्मियों में हम दुकानों के साएबानों और दरख़्तों के साए तलाश करते घर की सिम्त रवाना होते। एक दिन नॉवलटी टॉकीज़ के सामने

मैदान में इमली के देव-क़ामत दरख़्त के नीचे एक मदारी तमाशा दिखा रहा था। बे-शुमार लोग दायरे की शक्ल में खड़े तमाशे से लुत्फ़-अंदोज़ हो रहे थे। हम भी कुछ सुस्ताने और कुछ तमाशे से लुत्फ़-अंदोज़ होने के लिए मजमे में शामिल हो गए और आहिस्ता-आहिस्ता जगह बनाते हुए सबसे आगे पहुँच गए।

मदारी का जमूरा ज़मीन पर चादर ओढ़े लेटा था और मदारी एक रुपय के सिक्के के दो और दो के चार बना रहा था और हम मुँह खोले हैरत-ज़दा खड़े सोच रहे थे कि कैसा अहमक़ इन्सान है कि ऐसा हुनर रखते हुए घर बैठे दौलत के अंबार क्यों नहीं लगाता और क्यों यहाँ गर्मी में हलकान हो रहा है। इसी दौरान मदारी ने चीख़ कर कहा, "आगे, आगे का बच्चा लोग बैठ जाओ। जो नहीं बैठेगा उसका पेशाब बंद हो जाएगा।"

हम तमाशा में इतने महव थे कि हमने उसकी बात सुनी अन-सुनी कर दी। कुछ देर बाद तमाशा ख़त्म हो गया और हम ख़िरामाँ-ख़िरामाँ घर की तरफ़ रवाना हो गए। घर के दरवाज़ा पर पहुँच कर हमें अचानक मदारी की तंबीह का ख़्याल आया।

क्यों कि हम तो बैठे नहीं थे और इसी तरह खड़े रहे थे। ये सोच कर हम ख़ौफ़ज़दा हो गए और हमें यक़ीन हो गया कि मदारी के जादू का हम पर असर हो गया होगा। सीढ़ियों पर चढ़ते-चढ़ते हमने मज़ीद यक़ीन करने की कोशिश की कि जादू का असर हुआ है या नहीं। नतीजा ज़ाहिर है। नेकर के गीले-पन को देखकर हमारे होश उड़ गए। कुछ देर तो हम दम-ब-ख़ुद आख़िरी सीढ़ी पर खड़े रहे फिर इधर-उधर देख कर जल्दी से ग़ुस्ल-ख़ाने में घुस कर नहाने लगे ताकि हमारी हिमाक़त की पोल न खुले।

अब ज़रा एक और वाक़िए से आज के दौर के बच्चे की ज़हानत और ज़हनी पुख़्तगी का अंदाज़ा करें। कुछ अरसा पेशतर में लॉन में बैठा अख़बार पढ़ रहा था और मेरे चार साला पोते अयान मेरी कुर्सी के चारों तरफ़ स्कूटी पर सवार चक्कर लगा रहे थे तो मैंने उनको अपने पास बुला कर कहा...

"बेटा अगर आप मुझे पचास तक गिनती सुना दें तो मैं आपको पचास रुपया इनाम दूँगा।"

अयान ने फ़र-फ़र गिनती सुना दी और पचास रुपया का नोट जेब में ठूँस कर आइसक्रीम वाले को बुलाने के लिए गेट की तरफ़ घूम गए। कुछ सोच

कर वो फिर वापिस आए और कहने लगे: "वैसे दादा पापा बाई दा वे... मुझे गिनती हंड्रेड तक आती है... सुनाऊँ?"

बचपन की यादों की कहकशाँ से एक शरारत का अहवाल भी सुन लें...

हमारे जिगरी दोस्तों में एक यूनुस कपाड़िया थे जिनको हम प्यार से कबाड़िया कहते थे क्यों कि हुल्ये से वो लगते भी ऐसे ही थे। कबाड़िया का शुमार मुहल्ले के शरीर तरीन लड़कों में होता था। वो हर रोज़ किसी नई शरारत का प्रोग्राम लेकर आते और कभी-कभी हम भी उनके साथ शामिल हो जाते। अक्सर वो तो अपनी चालाकी की वजह से बच कर निकल जाते और हम फंस जाते।

एक बार हमारा दिल पुलाव खाने के लिए बहुत मचल रहा था। दबी-दबी ज़बान से अम्माँ से अपनी ख़्वाहिश का इज़हार किया तो उन्होंने ख़ूबसूरती से टाल दिया। एक दिन दोपहर को गुल्ली-डंडा खेलने के बाद हम और कबाड़िया नीम के नीचे बैठे सुस्ता रहे थे। जब हमने उनसे पुलाव खाने की ख़्वाहिश का ज़िक्र किया... वो अपने मख़सूस अंदाज़ में कुछ देर होंट सिकोड़ कर सोचते रहे फिर बोले...

"यार एक तरकीब है। तुम कह रहे थे कि जब तुम्हारे मामूँ मोती मियाँ हसन पुर से आते हैं तो तुम्हारी अम्माँ पुलाव ज़रूर बनाती हैं।"

"हाँ वो तो है लेकिन फ़िलहाल तो मामूँ के आने का कोई प्रोग्राम नहीं है।" हमने लुक़मा दिया...

"यार सुनो तो। तुम तो गाँव के गाऊदी हो। ऐसा करो कि मामूँ की तरफ़ से अपने घर के पते पर एक ख़त लिक्खो जिसमें ये इत्तिला हो कि तुम्हारे मामूँ फ़ुलाँ-फ़ुलाँ तारीख़ को तुम्हारे घर पहुँच रहे हैं। ज़ाहिर है कि उनकी आमद की ख़बर सुनकर तुम्हारी अम्मी उनकी पसंद के खाने पकाएँगी। मामूँ ने तो आना नहीं है। कुछ देर इंतिज़ार कर के घर के लोग ही वो खाना खाएँगे।"

"यार कबाड़िया बात तो पते की है लेकिन अगर पोल खुल गया तो शामत आ जाएगी।" हमने ख़दशा ज़ाहिर किया...

"अमाँ कुछ नहीं होगा। कुछ दिन बाद ये बात पुरानी हो जाएगी। तुम्हारे मामूँ कौन से रोज़-रोज़ आते हैं लेकिन दोस्त हमें भी इस मौक़े पर याद रखना।" कबाड़िया मुस्कुराए...

क़िस्सा मुख़्तसर कि दो पैसे का पोस्टकार्ड

ख़रीदा गया। कबाड़िया की बैठक में किवाड़ बंद कर के हमने काँपती उंगलियों से क़लम पकड़ा। कबाड़िया ने डाँटते हुए क़लम ले लिया...

"यार तुम बिल्कुल अक़्ल से पैदल हो। एक तो तुम्हारा ख़त इतना ख़राब है कि तुम ख़ुद नहीं पढ़ सकते। इसके इलावा घर में हर कोई तुम्हारी तहरीर पहचानता है। फ़ौरन धर लिए जाओगे।"

यूँ ख़त लिखने के फ़राइज़ कबाड़िया ने अंजाम दिए। ख़त मामूँ की तरफ़ से हमारी अम्माँ के नाम था जिसमें ये इत्तिला थी कि मामूँ हफ़्ता की शाम तशरीफ़ ला रहे हैं। जब हम वो ख़त चौकी चौराहे के लैटर-बॉक्स में पोस्ट करने जा रहे थे तो डर के मारे पैर काँप रहे थे और ऐसा लगता है कि पूरा शह्र हमें घूर-घूर कर देख रहा है। बहुत इंतिज़ार के बाद जुमेरात के दिन वो तारीख़ी ख़त पहुँच गया। हमने देखा कि दूसरी डाक के साथ वो पोस्टकार्ड हमारे वालिद साहिब के सिरहाने रखा था। ख़त पढ़ने के बाद हमारे वालिद साहब ने हमारी अम्माँ से कहा: "अरे भई सुनती नहीं हो (क़िबला वालिद साहिब हमारी वालिदा को "सुनती नहीं हो" या "कहाँ गईं" कह कर मुख़ातब करते थे) हफ़्ता की शाम को मोती

मियाँ आ रहे हैं।"

अम्माँ बहुत ख़ुश हुईं। अभी तक हमारी स्कीम कामयाब जा रही थी। हफ़्ते के दिन तीसरे पहर पुलाव की यख़नी चूल्हे पर चढ़ गई। शामी कबाब के लिए चने की दाल और क़ीमा सिल पर पिसना शुरू हुआ। खाने की ख़ुश्बू से शाम ही से पेट में चूहे दौड़ना शुरू हो गए।

शाम चार बजे एक ऐसा बम गिरा कि हमारे चौदह तबक़ रौशन हो गए। हम साईकल पर दही लेकर आ रहे थे। देखा कि हमारे घर के सामने एक साईकल रिक्शे से हमारे मोती मामूँ अपना मख़्सूस ख़ाकी रंग का थैला लिए उतर रहे हैं। हमें देखते ही उन्होंने गले से लगाया। हमारी ऐसी सिट्टी गुम थी कि हमें उनको सलाम करने का ख़्याल भी नहीं आया। रह-रह कर ख़्याल आ रहा था कि मामूँ के ख़त का ज़िक्र ज़रूर आएगा और हमारी शराफ़त का सारा पोल खुल जाएगा।

मामूँ के घर में आते ही हम उनसे चिपक गए कि जैसे ही ख़त का ज़िक्र आए हम बचाओ की कुछ तरकीब करें। दो-तीन घंटे ख़ैरियत से गुज़र गए। मग़रिब की नमाज़ के बाद हम सब लोग आँगन में

बैठे थे। मामूँ महफ़िल सजाये शिकार के फ़र्ज़ी क़िस्से सुना रहे थे। हमारी अम्माँ उधर से गुज़रीं और कहने लगीं...

"अरे भय्या तू ने तो लिखा..."

इतना सुनते ही हम पेट दबा कर ऐसे कराहे कि सब घबरा कर हमारी तरफ़ मुतवज्जा हो गए। हम पेट पकड़ कर पलंग पर लेट गए। अम्माँ काम छोड़ कर हमारी तरफ़ लपकीं। हमें फ़ौरन डाक्टर के पास ले जाया गया और डाक्टर साहब ने वही मख़सूस कड़वा लाल शर्बत देकर चिकनी ग़िज़ा से परहेज़ की ताकीद कर दी।

रात को सब लोग दस्तर-ख़्वान के गिर्द बैठे पुलाव और शामी कबाब के मज़े ले रहे थे और हम चमचे से दलिया खाते हुए हसरत से सबको देख रहे थे। गली में से कबाड़िया की मख़सूस सीटी की आवाज़ आ रही थी। शायद वो भी भूक से तिलमिला थे।

(9) मेरे उस्ताद मेरे मोहसिन
रऊफ़ पारेख

जब मैं अपने उस्तादों का तसव्वुर करता हूँ तो मेरे ज़हन के पर्दे पर कुछ ऐसे लोग उभरते हैं जो बहुत दिलचस्प, मेहरबान, पढ़े लिखे और ज़हीन हैं और साथ ही मेरे मोहसिन भी हैं। उनमें से कुछ का ख़्याल कर के मुझे हंसी भी आती है और उन पर प्यार भी आता है। अब मैं बारी-बारी उनका ज़िक्र करूँगा।

जब मैं बाग़ हालार स्कूल (कराची) में के. जी. क्लास में पढ़ता था तो मिस निगहत हमारी उस्तानी थीं। मार-पीट के बजाय बहुत प्यार से पढ़ाती थीं। सफ़ाई-पसंद इतनी थीं कि गंदगी देख कर उन्हें ग़ुस्सा आ जाता था और किसी बच्चे के गंदे कपड़े या बढ़े हुए नाख़ुन देख कर उसकी हल्की-फुल्की पिटाई भी कर देती थीं। मुझे अब तक याद है कि एक दफ़ा मेरे नाख़ुन बढ़े हुए थे और उनमें मैल जमा था। मिस निगहत ने मेरे नाख़ुनों पर पैमाने से (जिसे आप स्केल या फट्टा कहते हैं।) मारा। चोट

हल्की थी लेकिन उस दिन मैं बहुत रोया। लेकिन मिस निगहत ने गंदे और बढ़े हुए नाख़ुनों के जो नुक़्सान बताए वो मुझे अब तक याद हैं और अब मैं जब भी अपने बढ़े हुए नाख़ुन देखता हूँ तो मुझे मिस निगहत याद आ जाती हैं और मैं फ़ौरन नाख़ुन काटने बैठ जाता हूँ।

पहली जमात में पहुँचा तो मिस सरदार हमारी उस्तानी थीं, लेकिन वो जल्द ही चली गईं और उनकी जगह मिस नसीम आईं जो उस्तानी कम और जल्लाद ज़्यादा थीं। बच्चों की इस तरह धुनाई करती थीं जैसे धुनिया रूई धुनता है। ऐसी सख़्त मार-पीट करती थीं कि इन्सान को पढ़ाई से, स्कूल से और किताबों से हमेशा के लिए नफ़रत हो जाए। जो उस्ताद और उस्तानियाँ ये तहरीर पढ़ रहे हैं उनसे मैं दरख़्वास्त करता हूँ कि बच्चों को मार-पीट कर न पढ़ाया करें। बहुत ज़रूरी हो तो डाँट-डपट कर लिया करें।

इस तहरीर को पढ़ने वाले जो बच्चे और बच्चियाँ बड़े हो कर उस्ताद और उस्तानियाँ बनें वो भी याद रखें कि मार-पीट से बच्चे पढ़ते नहीं बल्कि पढ़ाई से भागते हैं। बच्चों को ता'लीम से बेज़ार

करने में पिटाई का बड़ा हाथ होता है। हाँ कभी-कभार मुँह का ज़ायक़ा बदलने के लिए एक-आध हल्का-फुलका थप्पड़ पड़ जाए तो कोई हर्ज नहीं, लेकिन अच्छे बच्चों को इसकी कभी ज़रूरत नहीं पड़ती।

उसके बा'द की जमातों में पढ़ाने वाले जो उस्ताद मुझे याद आते हैं, उनमें से एक ज़िया साहब हैं जो छटी जमात में हमें उर्दू पढ़ाते थे। अगर-चे ज़िया साहब हर वक़्त अपने साथ एक लचकीला बेद रखते थे लेकिन उसका इस्ति'माल कम ही करते थे। उन्होंने मेरी उर्दू का तलफ़्फ़ुज़ सही करने में बहुत मदद दी। उन्होंने उर्दू सिखाते और पढ़ाते हुए कई काम की बातें बताईं जिनसे मैंने बा'द में भी फ़ायदा उठाया। ज़िया साहब होमवर्क के तौर पर एक सफ़हा रोज़ाना ख़ुश-ख़त लिखने को कहते थे। उनका कहना था कि कुछ भी लिक्खो, इबारत कहीं से भी उतारो, चाहे किसी अख़बार से या रिसाले से या किताब से और चाहो तो कोई कहानी ही लिख लाओ मगर लिक्खो ज़रूर और लिक्खो भी साफ़-साफ़ और ख़ूबसूरत।

मैं किताब से कोई इबारत उतारने के बजाय

अक्सर दिल से क़िस्से कहानियाँ बना कर लिख कर ले जाया करता था। शायद यहीं से मुझे कहानियाँ लिखने का चसका पड़ गया। कहानियाँ पढ़ने की लत तो पहले से थी ही। ज़िया साहब के लिए आज भी दिल से दुआ निकलती है। उनका सिखाया-पढ़ाया बहुत काम आया।

सातवीं जमात में जनाब तय्यब अब्बासी मिले जो हमें अरबी पढ़ाया करते थे। बच्चों से बड़ी मुहब्बत करते थे। बहुत मज़हबी आदमी थे। हुज़ूर-ए-अकरम सललल्लाहु अलइहि वसल्लम की हदीसें भी सुनाया करते थे। बच्चों की शाज़-ओ-नादिर ही पिटाई की होगी। क्लास बहुत शोर मचाती तो झूट-मूट ग़ुस्से से कहते, "क्या हो रहा है भई?"

और बच्चे इतने शरीर थे कि उनका नर्म सुलूक देख कर और शेर हो जाते और उन्हें बार-बार "क्या हो रहा है भई" कहना पड़ता। अब्बासी साहब का मुहब्बत भरा बरताव अब भी बहुत याद आता है।

आठवीं जमात में मैंने बाग़ हालार स्कूल छोड़ कर सीफ़ीह स्कूल में दाख़िला ले लिया। यहाँ जिस उस्ताद ने मेरे दिल-ओ-दिमाग़ पर क़ब्ज़ा जमा लिया वो सय्यद मुहम्मद ताहिर साहब थे। आप हमें उर्दू

पढ़ाते थे। न सिर्फ़ उनके पढ़ाने का अंदाज़ बहुत उम्दा था बल्कि वो ख़ुश-मिज़ाज भी थे। क़हक़हा बहुत बुलंद आवाज़ में लगाते थे और देर तक हंसते रहते थे। हत्ता कि स्कूल की राह-दारियों में, स्टाफ़ रुम में या किसी जमात के कमरे में होते तो भी उनके क़हक़हे से पता चल जाता था कि ताहिर साहब यहीं कहीं हैं। उनकी दिलचस्प बातों पर पूरी क्लास दिल खोल कर क़हक़हे लगाया करती थी।

चुनाँचे हमारा उर्दू का पीरियड सबसे मज़े-दार होता था और लगता ही नहीं था कि पड़ाई हो रही है, लेकिन पढ़ाई साथ-साथ होती जाती थी। ताहिर साहब को सैकड़ों बल्कि हज़ारों शे'र याद थे। मौक़े के लिहाज़ से ग़ज़ब का शे'र पढ़ते थे। इससे मेरा शे'र-ओ-शायरी का शौक़ बहुत बढ़ गया। वो जमात में तालिब-ए-इल्मों से शे'र सुनाने की फ़र्माइश करते। अगर कोई लड़का अच्छा शे'र पढ़ता तो बहुत दाद देते और हौसला-अफ़ज़ाई करते। चुनाँचे मैंने इधर-उधर से किताबें ले कर बड़े-बड़े शायर, मसलन ग़ालिब, इक़बाल और मीर वग़ैरा के बे-शुमार शे'र एक कापी में लिख लिए और याद कर लिए, बल्कि बहुत से शे'र तो लिखने के दौरान ही याद हो गए।

फिर तो ये होने लगा कि ताहिर साहब एक शे'र सुनाते और एक मैं सुनाता और पूरी क्लास "वाह-वा" कर के दाद के डोंगरे बरसाती।

ताहिर साहब ने हमें तीन साल तक यानी आठवीं, नौवीं और दसवीं में उर्दू पढ़ाई और हक़ ये है कि उर्दू पढ़ाने का हक़ अदा कर दिया औरों का तो मैं नहीं कह सकता, लेकिन मेरे अंदर उन्होंने उर्दू ज़बान और उर्दू शे'र-ओ-अदब का एक ऐसा ज़ौक़ और मुताले का ऐसा शौक़ पैदा कर दिया जिसने आगे चल कर मेरी पढ़ाई और ज़िंदगी पर बहुत गहरा असर डाला। अल्लाह उन्हें ख़ुश रखे।

उन्हीं तीन सालों में शब्बीर साहब से भी रब्त-ज़ब्त रहा। अगर-चे साईंस के आदमी थे और अलजेब्रा और तबी'आत यानी फिज़िक्स पढ़ाते थे, लेकिन शायरी से और अदब से उन्हें भी बड़ा लगाओ था। इसी तरह हमारे एक उस्ताद अहमद साहब थे। वो ख़ुद शायर थे और कुछ दिनों तक मैं उनसे (शायरी पर) इस्लाह भी लेता रहा।

तीसरी-चौथी जमात में मैंने रिसाले, कहानियाँ और नॉवल इस तरह चाटना शुरू कर दिए जैसे वो क़ुलफ़ी या खट्टा-मीठा चूरन हो। उसी दौर में मैंने

हमदर्द नौनिहाल पढ़ना शुरू कर दिया और ये मेरे मन को ऐसा भाया कि आज तक इसे नहीं छोड़ सका बल्कि अब तो मेरा बेटा सज्जाद भी इसे पढ़ता है। हर माह जब अख़बार वाला हमदर्द नौनिहाल का ताज़ा शुमारा दे जाता है तो दोनों बाप-बेटे इस कोशिश में होते हैं कि इसे पहले मैं पढ़ लूँ और अब तो सज्जाद की अम्मी जान मोहतरमा भी इस दौड़ में शरीक हो गई हैं।

हमदर्द नौनिहाल से मैंने बहुत कुछ सीखा। इससे मैंने उर्दू सीखी (उर्दू मेरी मादरी ज़बान नहीं है।) हमदर्द नौनिहाल से मैंने कहानियाँ और मज़मून लिखना सीखा। बे-शुमार मा'लूमात और अक़्ल की बातें इसने मुझे सिखाईं। दर-हक़ीक़त हमदर्द नौनिहाल भी मेरे उस्तादों में शामिल है। ये मेरा मोहसिन है और ये बात मैं जनाब हकीम मुहम्मद सईद साहब या जनाब मसऊद अहमद बरकाती साहब को ख़ुश करने के लिए नहीं लिख रहा। ये सच्ची बात है। अपने उस्तादों के साथ नौनिहाल के लिए भी दिल से दुआ निकलती है। कितने ख़ुश-नसीब हैं पाकिस्तानी बच्चे कि उनके मुल्क से एक निहायत उम्दा रिसाला उनकी सही तर्बियत और

रहनुमाई के लिए निकलता है।

भई अपने उस्तादों का ये ज़िक्र कुछ तवील होता जा रहा है, इसलिए में इसे ख़त्म करता हूँ लेकिन ठहरिए... ओफ़्फ़ो भई हद हो गई। उस्तादों का ये ज़िक्र इलयास साहब के बग़ैर भला कैसे मुकम्मल हो सकता है? उन्होंने हमें साल डेढ़ साल अंग्रेज़ी पढ़ाई। आठवीं में और कुछ अर्से नौवीं में। अंग्रेज़ी पढ़ाई क्या थी बस घोल कर पिला दी थी। अंग्रेज़ी ग्रामर की बा'ज़ चीज़ें उन्होंने जिस तरह हंसा-हंसा कर और मज़ाक़ ही मज़ाक़ में पढ़ा दीं वो इतने काम की निकलीं कि वहीं से सही माअनों में अंग्रेज़ी हमारी समझ में आने लगी और ये बुनियादी बातें शायद कोई और इस तरह न बता पाए। अल्लाह जाने इलयास साहब अब कहाँ हैं? लेकिन वो जहाँ कहीं भी हों अल्लाह-तआला उन्हें ख़ुश रखे और दुनिया-ओ-आख़िरत की ने'मतों से माला-माल करे। आमीन...

उन्होंने और ताहिर साहब ने हमें निहायत उम्दा तरीक़े पर अंग्रेज़ी और उर्दू पढ़ा कर बहुत बड़ा एहसान किया।

बल्कि दर-हक़ीक़त मेरे तमाम उस्ताद मेरे

मोहसिन हैं, चाहे वो स्कूल के ज़माने के हों, कॉलेज के हों या यूनीवर्सिटी के। उन्होंने मुझ पर बड़ा एहसान किया। मुझे इल्म की दौलत से माला-माल किया। मुझे उस वक़्त अक़्ल और ता'लीम दी जब मैं कुछ भी नहीं जानता था।

(10) बचपन की तस्वीर
इशतियाक़ अहमद

चलती ट्रेन में चढ़ने वाले नौजवान को नवाब काशिफ़ ने हैरत भरी नज़रों से देखा। वो अंदर आने के बाद अपना साँस दुरुस्त कर रहा था। शायद ट्रेन पर चढ़ने के लिए उसको काफ़ी दूर दौड़ना पड़ा। नवाब काशिफ़ ने उससे कहा, "नौजवान, ट्रेन पर चढ़ने का ये तरीक़ा दुरुस्त नहीं, इस तरह आदमी हादसे का शिकार हो सकता है।"

"ज़िंदगी तो है ही हादिसात का नाम चचा।" नौजवान मुस्कुराया...

"ओहो अच्छा, ये जुमला तो ज़रा अदबी क़िस्म का है... क्या तुम्हारा त'अल्लुक़ अदब से है?" नवाब काशिफ़ के लहजे में हैरत अभी बाक़ी थी।

"मेरा अदब से त'अल्लुक़ बस पढ़ने की हद तक है चचा।"

"चचा... तुम मुझे पहले भी चचा कह चुके हो, तुम्हारे मुँह से चचा कहना कुछ अजीब सा लगा। ख़ैर... मैं तुम्हें बताए देता हूँ कि ये केबिन मैंने

मख़सूस करवा रखा है। लिहाज़ा इसमें किसी और के लिए सीट नहीं है।"

"लेकिन चचा, ये जगह तो चार-पाँच आदमियों की है?"

"हाँ, ये फ़ैमिली केबिन है। मेरी फ़ैमिली तीन स्टेशनों के बाद सवार होगी।"

"ओह, अच्छा, मैं तीसरा स्टेशन आने से पहले ही उतर जाऊँगा। आप फ़िक्र न करें।"

"लेकिन भई, ये पूरा केबिन मेरे लिए मख़सूस है।"

"मैं सुन चुका हूँ... लेकिन आप देख चुके हैं। मैं चलती ट्रेन में सवार हुआ हूँ, ख़ैर मेरा वुजूद अगर आपको इतना ही ना-गवार गुज़र रहा है तो मैं अगले स्टेशन पर उतर जाऊँगा। इतनी देर के लिए तो आपको बर्दाश्त करना पड़ेगा। मुझे अफ़सोस है।"

"अच्छा ख़ैर, बैठ जाएँ बरखुर्दार।"

नौजवान सामने वाली सीट पर बैठ गया। फिर घड़ी पर नज़र डालते हुए बोला, "अगला स्टेशन कितनी देर में आ जाएगा?"

"पैंतालीस मिनट तो ज़रूर लगेंगे।"

"ओह... तब तो काफ़ी वक़्त है। मैं ज़रा नींद ले

सकता हूँ?"

"ज़रूर, क्यों नहीं।" नवाब काशिफ़ ने मुँह बनाया...

नौजवान ने जेब में हाथ डाला, उसका हाथ बाहर निकला तो उसमें च्युइंगम के दो टुकड़े थे। उसने अपना हाथ आगे बढ़ाते हुए कहा, "चचा, च्युइंगम।"

"मैं बच्चा नहीं हूँ।" नवाब साहब ने मुँह बनाया...

"ये च्युइंगम बहुत ख़ास क़िस्म के हैं। इनसे से ख़ास क़िस्म के लोग शुग़्ल करते हैं। आपके लिए अगर ये अनोखी चीज़ साबित न हो तो फिर कहियेगा। आप एक च्युइंगम मुँह में रख कर देख लें। अभी अंदाज़ा हो जाएगा।" ये कहते हुए उसने दूसरा च्युइंगम का काग़ज़ बाएं हाथ और दाँतों की मदद से उतार लिया और उसको मुँह में रख लिया।

ग़ैर इरादी तौर पर नवाब काशिफ़ ने च्युइंगम उठा लिया, उसका काग़ज़ उतार कर उसे मुँह में रख लिया। वो जल्दी से बोले, "इसमें शक नहीं, च्युइंगम बहुत ख़ास क़िस्म का है।"

"और पेश करूँ? रास्ते भर शुग़्ल कर सकेंगे आप।"

"नहीं भई, मुझे मुसलसल मुँह चलाना पसंद

नहीं। आदमी बकरा नज़र आने लगता है।"

"आपकी मर्ज़ी, वैसे आपकी शक्ल-सूरत कुछ जानी-पहचानी सी नज़र आ रही है। शायद मैंने आपको कहीं देखा है। क्या नाम है भला आपका?

नवाब साहब ने तंज़ से कहा, "वाह, वाह-वा..."

"ये कैसा नाम हुआ?"

"हद हो गई। मैंने अपना नाम नहीं बताया। पहले तो तुम चलती ट्रेन पर सवार हो गए, वो भी मेरे मख़सूस केबिन में, फिर जगह हासिल कर ली। उसके बाद च्युइंगम पेश किया और अब मेरा नाम पूछ रहे हो। ख़ैर तो है नौजवान, इरादे तो नेक हैं?"

नौजवान ने ना-गवारी से कहा, "अच्छी बात है, न बताएँ नाम, मैं अगले स्टेशन पर उतर जाऊँगा।"

"बुरा मान गए बरखुर्दार... ख़ैर सुनो, मेरा नाम नवाब काशिफ़ है।"

"नवाब काशिफ़!" नौजवान के लहजे में हैरत शामिल हो गई...

"हाँ क्यों, क्या तुम मुझसे मेरा मतलब है मेरे नाम से वाक़िफ़ हो?"

"सुना हुआ सा लगता है। इसी तरह आपका चेहरा भी शनासा है, ख़ैर अभी मैं यहाँ तक़रीबन

चालीस मिनट और ठहरूँगा, इस दौरान अगर याद आ गया तो बताऊँगा।"

नवाब काशिफ़ ने जमहाई लेते हुए कहा, "अच्छी बात है, हा हा, शायद मुझे नींद आ रही है।"

"मेरा भी यही हाल है।"

"तब फिर कुछ देर नींद ले लेते हैं। स्टेशन पर पहुँच कर जब ट्रेन रुकेगी तो आँख ख़ुद-ब-ख़ुद खुल जाएगी।"

नवाब साहब बोले, "ठीक है फिर जमहाई ली और उनकी आँखें बंद हो गईं। नीम-दराज़ तो पहले ही थे, अब पैर फैला कर लेट गए।

उनकी आँख खुली तो उनके घर के अफ़राद उन्हें बुरी तरह झिंजोड़ रहे थे। उन्हें आँखें खोलते देख कर उनकी बेगम बोल उठीं, "आप घोड़े बेच कर सो गए थे? हम लोग कितनी देर से आपको जगाने की कोशिश कर रहे हैं।"

नवाब साहब चौंक कर बोले, "ओहो अच्छा, हैरत है, तीन स्टेशन गुज़र गए, लो मुझे पता ही नहीं चला और और वो नौजवान?"

उनकी बड़ी बेटी ने हैरान हो कर पूछा, "कौन नौजवान? किस की बात कर रहे हैं डैडी?"

"और हाँ, उसे तो अगले स्टेशन पर ही उतर जाना था। यहाँ तक तो उसे आना ही नहीं था।"

"किस की बात कर रहे हैं? अभी तक नींद में हैं क्या?"

"नहीं, मैं अब नींद में नहीं हूँ। मैं बताता हूँ, उसके बारे में।"

फिर वो अपने घर के अफ़राद को नौजवान के बारे में बताने लगे। च्युइंगम के ज़िक्र से उनका बेटा चौंका। वो बोला, "कहीं वो कोई चोर तो नहीं था।"

नवाब काशिफ़ बोले, "अरे नहीं, वो तो बहुत भोला-भाला नौजवान था।"

"फिर भी आप अपनी जेबों की तलाशी ले लें।"

"ज़रूरत तो कोई नहीं, ख़ैर... तुम कहते हो तो मैं देख लेता हूँ।"

उन्होंने अपनी जेबों का जायज़ा लिया। शेरवानी की अंदरूनी जेब टटोलते ही वो बोले, "बटवा मौजूद है और सारी नक़दी इसी में थी, इसका मतलब है वो चोर नहीं था।"

बेटे ने कहा, "बटवा भी तो निकालें ना।"

उसके कहने पर नवाब साहब ने जेब से बटवा निकाल लिया। दूसरे ही लम्हे वो बहुत ज़ोर से

उछले... "अरे ये क्या ये तो मेरा बटवा नहीं है।"

"क्या!" उन सब के मुँह से निकला...

नवाब साहब ने घबराहट के आलम में बटवे का जायज़ा लिया। बटवे में काग़ज़ात भरे हुए थे। उन्होंने काग़ज़ात निकाल लिए। वो अख़बारात के तराशे थे। जराइम की ख़बरों के तराशे। उनके बटवे के दूसरे हिस्से में चंद तस्वीरें थीं। ये तसावीर उसी नौजवान की थीं और उनमें एक तस्वीर ग़ालिबन उसके बचपन की थी।

बेगम साहिबा ने तेज़ लहजे में कहा, "तो वो आपका बटवा ले उड़ा।"

"हाँ यही बात है। मुझे अफ़सोस है। ओह, ओह! अरे!"

एक बार फिर वो ज़ोर से उछले। उनकी नज़रें बचपन वाली तस्वीर पर चिपक सी गई थीं। उनके दिमाग़ में घंटियाँ सी बजने लगीं। दिमाग़ साएँ-साएँ करने लगा। बच्चे की मुस्कुराती तस्वीर उनके दिल-ओ-दिमाग़ में उतरती जा रही थी।

तस्वीर वाला बच्चा अपने मामूँ से प्यार भरे लहजे में कह रहा था, "मामूँ जान आप कहाँ जा रहे हैं।"

"मुन्ने मैं फ़िल्म देखने जा रहा हूँ।"

"आप मुझे भी ले चलें ना..."

"लेकिन मुन्ने मेरे पास सिर्फ़ एक टिकट के पैसे हैं। मेरे पास ज़्यादा पैसे नहीं हैं, क्या तुम्हारे पास पैसे हैं?"

"जी मामूँ जान पैसे? जी नहीं तो।"

"तब फिर तुम एक काम करो। अपने अब्बू की दुकान पर जाओ, वो तो दुकान-दारी में लगे होंगे। उनके गल्ले में से कुछ नोट चुपके से निकाल लाओ। उन्हें पता भी नहीं चलेगा। फिर मैं तुम्हें फ़िल्म दिखाने ले चलूँगा।

"अच्छा मामूँ जान!" मुन्ने ने कहा और दौड़ गया।

जल्द ही वो वापस आया तो उसके हाथ में दस-दस रुपय के कई नोट थे। उन नोटों को देख कर इन्होंने मुँह बनाया और कहा, "इनसे टिकट नहीं आएगा। एक बार और जाओ।"

मामूँ ने झूट बोला। हालाँके उस ज़माने में फ़िल्म का टिकट चंद आनों में मिलता था।

"जी अच्छा मामूँ।" मुन्ना गया और चंद नोट और ले आया।

मामूँ ने फिर कहा, "नहीं भई, अभी टिकट के पैसे पूरे नहीं हुए।"

बच्चे ने कहा, "अच्छा मामूँ, एक चक्कर और सही।"

इस तरह मुन्ने को मामूँ ने कई चक्कर लगवाए, तब फ़िल्म दिखाई, लेकिन फिर मुन्ने को पैसे उड़ाने का चसका पड़ गया। रोज़-रोज़ वो इस काम में माहिर होता गया और उसकी ये आदत उसे बुरी सोहबत में ले गई। एक दिन वो घर से भाग गया। बीस साल बाद मामूँ जान की उससे मुलाक़ात इन हालात में हुई थी कि उसकी तस्वीर उसके हाथ में रह गई थी।

"आप... आप इस तस्वीर को इस तरह क्यों घूर रहे हैं। क्या आप जानते हैं ये किसकी तस्वीर है। इस तरह तो शायद हम इसको गिरफ़्तार करा सकें।"

नवाब काशिफ़ बोले, "नहीं, हम उसे गिरफ़्तार नहीं करवाएँगे।"

"लेकिन क्यों, आपको उस चोर से हमदर्दी क्यों है?"

"गिरफ़्तार ही करना है तो मुझे गिरफ़्तार कराओ।"

वो एक साथ बोले, "जी क्या मतलब?"

और वो उन्हें मुन्ने की और अपनी पुरानी कहानी सुनाने लगे।

(11) नीला गीदड़
साहिर होशियारपुरी

एक दफ़ा एक गीदड़ खाने की तलाश में मारा-मारा फिर रहा था। वो दिन भी उसके लिए कितना मनहूस था। उसे दिन भर भूका ही रहना पड़ा। वो भूका और थका हारा चलता रहा। रास्ता नापता रहा। बिल-आख़िर लग-भग दिन ढले वो एक शह्र में पहुँचा। उसे ये भी एहसास था कि एक गीदड़ के लिए शह्र में चलना-फिरना ख़तरे से ख़ाली नहीं है। लेकिन भूक की शिद्दत की वजह से ये ख़तरा मोल लेने पर मजबूर था।

"मुझे ब-हर-हाल खाने के लिए कुछ न कुछ हासिल करना है।" उसने अपने दिल में कहा...

"लेकिन ख़ुदा करे कि किसी आदमी या कुत्ते से दो-चार होना न पड़े।"

अचानक उसने ख़तरे की बू महसूस की। कुत्ते भौंक रहे थे। वो जानता था कि वो उसके पीछे लग जाएँगे।

वो डर कर भागा। लेकिन कुत्तों ने उसे देख

लिया और उसके पीछे दौड़ पड़े। कुत्तों से पीछा छुड़ाने के लिए गीदड़ तेज़ भागने लगा लेकिन कुत्ते उसके क़रीब पहुँच गए। गीदड़ जल्दी से एक मकान में घुस गया। ये मकान एक रंगरेज़ का था। मकान के सहन में नीले रंग से भरा हुआ एक टब रखा हुआ था। गीदड़ को कुत्तों ने ढूढ़ने की लाख कोशिश की मगर उसका कहीं पता नहीं चला। कुत्ते हार कर वापस चले गए। गीदड़ उस वक़्त तक टब में छिपा रहा जब तक कुत्तों के चले जाने का उसको यक़ीन न हो गया। फिर वो आहिस्ता-आहिस्ता टब से बाहर निकल आया। वो परेशान था कि अब वो क्या करे। उसने सोचा कि इससे पहले कि कोई आदमी या कुत्ता देख ले जंगल वापस चाहिए।

वो जल्दी-जल्दी जंगल वापस आया। जिन जानवरों ने उसे देखा, डर कर भागे। आज तक उन्होंने उसके जैसा जानवर नहीं देखा था।

गीदड़ भाँप गया कि सभी जानवर उससे डर रहे हैं। बस फिर क्या था। उसके दिमाग़ में एक तरकीब आई। वो चीख़-चीख़ कर जानवरों को पुकारने लगा, "ठहरो! दम लो! कहाँ जाते हो? यहाँ आओ! मेरी बात सुनो!"

सारे जानवर रुक कर गीदड़ को ताकने लगे। उसके पास जाते हुए वो अब भी डर रहे थे। गीदड़ फिर चिल्ला कर बोला, "आओ मेरे पास आओ। अपने सभी दोस्तों को बुला लाओ। मुझे तुम सबसे एक ज़रूरी बात कहना है।"

एक-एक कर के सभी जानवर नीले गीदड़ के पास पहुँचे। चीते, हाथी, बंदर, ख़रगोश, हिरन। ग़रज़ सभी जंगली जानवर उसके चारों तरफ़ खड़े हो गए।

चालाक गीदड़ ने कहा कि, "मुझसे डरो नहीं। मैं तुम्हें कोई नुक़्सान नहीं पहुँचाऊँगा। ख़ुदा ने मुझे तुम्हारा बादशाह बना कर भेजा है। मैं एक बादशाह की तरह सबकी हिफ़ाज़त करूँगा।

सब जानवरों ने उसकी बात का यक़ीन कर लिया और उसके सामने सर झुका कर बोले, "हमें आपकी बादशाहत क़ुबूल है। हम उस ख़ुदा के भी शुक्र-गुज़ार हैं जिसने आपको हमारी हिफ़ाज़त का ज़िम्मेदारी सौंप दी है। हम आपके हुक्म के मुंतज़िर हैं।"

नीले गीदड़ ने कहा, "तुम्हें अपने बादशाह की अच्छी तरह देख-भाल करनी होगी। तुम मुझे ऐसे खाने खिलाया करो जो बादशाह खाता है।"

"ज़रूर हुज़ूर-ए-वाला।" सभी जानवरों ने एक ही

आवाज़ में कहा।

"हम दिल-ओ-जान से अपने बादशाह की ख़िदमत करेंगे। फ़रमाईए इसके इलावा हमें और क्या करना होगा?"

"तुम्हें अपने बादशाह का वफ़ादार रहना है।" नीले गीदड़ ने जवाब दिया।

"तभी तुम्हारा बादशाह तुम्हें दुश्मनों से महफ़ूज़ रख सकता है।"

गीदड़ की इस बात ने सभी जानवरों की तसल्ली कर दी। वो उसके लिए क़िस्म-क़िस्म के मज़ेदार खाने लाने लगे और उसकी ख़ातिर-मुदारात करने लगे। गीदड़ अब बादशाह की तरह रहने लगा। सब जानवर रोज़ाना उसकी ख़िदमत में हाज़िर हो कर उसे सलाम करते। अपनी मुश्किलें उसे बताते। बादशाह उनकी बातों को सुनता और उनकी मुश्किलों का हल बताता।

एक दिन जब बादशाह दरबार में बैठा था तो दूर से कुछ शोर सुनाई दिया। ये गीदड़ के ग़ोल की आवाज़ थी। अब अपने भाईयों की आवाज़ सुनी तो बहुत ख़ुश हुआ और ख़ुशी के आँसुओं से उसकी आँखें भर आईं। उसे अपनी बादशाहत का भी ख़याल

न रहा और अपना सर उठा कर उसने भी गीदड़ों की तरह बोलना शुरू कर दिया। उसका बोलना था कि जानवरों पर उसकी असलीयत खुल गई। उन्हें मालूम हो गया कि ये रंगा हुआ सियार है। इसने उन्हें धोके में रखा है। सब जानवर मारे ग़ुस्से के उसे फाड़ खाने के लिए इस पर चढ़ दौड़े। लेकिन गीदड़ ने तो पहले ही से भागना शुरू कर दिया था। वो भागता गया तेज़ और तेज़ और आख़िर-ए-कार सबकी पहुँच से बाहर हो गया और इस तरह उसकी जान बची।

(12) टुमरक टूँ
अक्षय चंद्र शर्मा

भरपूर चौमासे के दिन खेतों की बात न पूछिए... बाजरे की हरी बालें, उनमें दूधिया दाने और उन पर सुनहरी कूँ कूँ, जैसे मोतीयों पर किसी ने सोने का पानी चढ़ा दिया हो। तरबूज़ की हरी-हरी बेलों की नालें दूर-दूर तक फैली हुई थीं। नंग-धड़ंग रहने वाली सुनहरी रेत ने अपने ऊपर जैसे अभी-अभी हरे रंग का बारीक दुपट्टा डाल लिया हो और भूरिए किसान का खेत तो सबसे बाज़ी ले गया। बाजरे के एक-एक बूटे में दस-दस बालें। भूरिया दिन भर नाचता फिरता खेत में काम करता।

एक कमीटरी (कबूतर की तरह का एक परिंदा-फ़ाख़ता) ने भूरिए के खेत को देखा। उसका दिल ललचा उठा। वो हर रोज़ सवेरे चोगे पानी के लिए भूरिए के खेत पर पहुँच जाती फुर-फुर करती हुई उड़ कर बाजरे पर जा बैठती। दाने चुगती और उड़ जाती। भूरिया पीपा बजा कर चिड़ियों को उड़ाता।

एक दिन भूरिए ने कमीटरी से कहा: "तू मेरे खेत

में न आया कर नहीं तो मैं तुझे पकड़ लूँगा।"

कमीटरी ने कहा: "खेत तेरा अकेले का नहीं। मेरी माँ मेरी दादी, मेरी परदादी यहीं दाने चुगती थीं। तू मुझे पकड़ेगा? मैं फुर-फुर कर उड़ने वाला परिंदा! मेरी माँ कहती थी आदमी हेकड़ी का पुतला है। आज बात सच निकली।"

भूरिया चुप रहा। दूसरे दिन भूरिया को शरारत सूझी खीजड़ी पर एक फंदा डाला। कमीटरी उड़ती खीजड़ी पर बैठने आई और इसके पाँव उलझ गए। भूरिया ताक में बैठा था। दौड़ा-दौड़ा आया। भूरिया ने कमीटरी के पाँव को कस कर बाँधा और उसे उल्टा लटका दिया और कहने लगा: "ओ परिंदे! अब उड़!"

कमीटरी बे-चारी चुप। वो कुछ न बोली। वो जानती थी। भूरीए का दिल पत्थर है। वो दाद-फ़र्याद से पिघलने वाला नहीं। चोंच को थोड़ा सा तिरछा कर के उसने सिर्फ भूरीए को देखा और भूरिया कहता गया: "ओ परिंदे! अब उड़ के दिखा..."

गायों का एक ग्वाला खेत की मुंडेर के पास से निकला। एक हाथ में लाठी और दूसरे में अलगोज़ा। गायों का झुण्ड पास ही चर रहा था। कमीटरी ने रोते-रोते कहना शुरू किया...

गाईयाँ का ग्वालिया रे वीर! टमरक टूँ।
बंधी कमीटरी छुड़ाई म्हारा वीर! टमरक टूँ।
वड नगर ला रे बच्चा रे वीर! टमरक टूँ।
नन्हा नन्हा बच्चा रे वीर! टमरक टूँ।
आँधी सूँ उड़ जा सी रे वीर! टमरक टूँ।
मेहाँ से गुल जासी रे वीर! टमरक टूँ।
लवाँ सूँ जल जासी रे वीर! टमरक टूँ।
ऐ गायों के ग्वाले, ऐ मेरे भाई।
बंधी कमीटरी को छुड़ाओ ना भाई।
मेरे बच्चे पहाड़ी के पीछे हैं।
वो आँधी से उड़ जाएँगे।
मैना से गुल जाएँगे।
लौ से जल जाएंगे।

कमीटरी की आवाज़ में बेहद दुख था, दर्द था, उसका दिल रो रहा था। तड़प रहा था। ग्वाला रुका उसने खीजड़ी पर बंधी हुई कमीटरी को देखा। ग्वाले की आँखों में मोती की तरह बड़े-बड़े आँसू भर आए वो बेचारा क्या करता। भूरिया से वो डरता था। भूरिया झगड़ालू सोते नाग को कौन छेड़े?

ग्वाले ने भूरीए से कहा: "भाई भूरिया मेरी एक अच्छी दूध देने वाली गाय ले लो और इस कमीटरी

को छोड़ दो।"

लेकिन भूरीए ने कहा... "ना भाई ना..."

ग्वाला बेचारा चलता बना...

इतने में ऊँटों का रायका (ऊँट चराने वाला) उधर से निकला। उसे मुख़ातब करके कमीटरी ने फिर वही गीत गाया।

रायका चलता बना... इसी तरह भेड़ और बकरी चराने वाला निकला। मगर भूरिया टस से मस न हुआ। इतने में चूहा बिल से निकला। चूहे ने कमीटरी को आवाज़ लगाते हुए कहा...

"कमीटरी बाई नीचे आओ

धूल में खेलो गीत सुनाओ"

मगर कमीटरी ने रोते-रोते कहा: "चूहे भय्या! देखते नहीं भूरीए ने मुझे बाँध दिया है। मैं तो अब मर कर ही नीचे आऊँगी। मैं अब कभी नहीं गा सकूँगी, कभी न खेल सकूँगी। मेरे छोटे छोटे बच्चे पहाड़ी के पीछे।"

ये कहते-कहते कमीटरी का गला भर आया। चूहा बाहर निकल कर देखने लगा। उसने मूँछों को हिलाते हुए कहा: "डरो नहीं कमीटरी बहन भूरीए का फंदा तो क्या एक बार मौत के फंदे से भी तुम्हें छुड़ा

सकूँगा।"

इतने में भूरिया आता हुआ दिखाई दिया।

चूहे ने भूरीए से कहा: "भूरिया ओ भूरिया मेरे पास ज़मीन में सोने का ख़ज़ाना है। तुम कमीटरी को छोड़ दो तो मैं तुम्हें निहाल करूँगा। तुम्हारा घर सोने से भर दूँगा।"

भूरिया सोने का नाम सुन कर राज़ी हो गया। कहने लगा: "चूहे जी राज... तुम ज़मीन के राजा हो तुम्हारी बात नहीं मानूँगा तो किस की मानूँगा इतना कह कर भूरिए ने कमीटरी की टाँगें खोल दीं। कमीटरी फुर-फुर करती हुई उड़ गई।

चूहा बिल में घुसते हुए कहने लगा, "सच, आदमी लालची भी है! टमरक टूँ।"

***

www.ingramcontent.com/pod-product-compliance
Lightning Source LLC
LaVergne TN
LVHW010602070526
838199LV00063BA/5054
9789358728903